토끼전

시키는 대로
한다고
충신일까?

물음표로
따라가는
인문고전
6

토끼전

시키는 대로
한다고
충신일까?

글 박진형 | 그림 홍지혜

지학사아르볼

왕이 시키면 무조건 해야 할까?

"토끼는 욕심이 많아요. 자라의 꾐에 넘어가 용궁으로 갔잖아요."

"그래도 똑똑하긴 해요. 죽을 뻔한 위기에서 지혜를 발휘했으니까요."

"자라는 어떻냐고요? 글쎄요, 그냥 충성스런 신하 아닌가요?"

대학 수학 능력 시험이 끝난 며칠 뒤였습니다. 고등학교 1학년 학생들에게 이번에 출제된 《토끼전》에 대해 얼마나 아는지 물어보았습니다. 너무나 유명한 고전인 만큼 학생들은 줄거리를 잘 알고 있었습니다. 주인공 토끼에 대해 나름의 평가도 했지요.

하지만 딱 거기에서 그쳤습니다. 중학교 교과서에도 실려 있는 작품이기에 다양한 감상들이 있을 거라 생각했지만 그렇지는 않았어요. 욕심 많지만 현명한 토끼, 충신인 자라. 답변은 여기서 크게 벗어나지 않았습니다. 물론 몇몇 흥미로운 의견도 있었어요. 누구는 '함부로 부귀영화를 탐내지 말아야 한다'고 말했고, 누구는 '남의 말은 일단 의심하고 보자'며 재미있는 의견을 내기도 했지요. 그래도 아쉬운 마음이 듭니다. 《토끼전》을 더욱 흥미로운 시각으로 바라볼 수는 없을까요?

우리 조상들은 선녀와 나무꾼 이야기, 흥부 놀부 이야기와 같은 옛이야기를 들으면서 자랐습니다. 아늑한 밤이 되면 할머니의 포근한 무릎에 기댔고, 할머니는 손자에게 삶의 지혜를 들려주었어요. 할머니가 해 주시는 옛이야기들은 재미있을 뿐더러 우리 삶과도 가까웠습니다.

《토끼전》 역시 마찬가지입니다. 실제 우리 삶 속에서 토끼와 자라, 용왕 같은 인물들을 찾을 수 있지요. 소설은 현실을 바탕으로 나온 것이니까요.

《토끼전》은 재치 넘치는 통쾌한 이야기면서, 세상을 제대로 바라보게 해 줄 이야기입니다. 이 작품은 다양한 생각거리를 던져 주지요. '토끼가 자라에게 속아 용궁으로 갔다가 겨우 목숨을 건져 돌아온 이야기'는 단순해 보이지만, 결코 단순하지 않기에 지금까지 널리 읽히는 것이에요.

이 책을 집필하면서 유독 "왜 그랬을까?" 하는 물음과 "나라면 어떻게 했을까?" 하는 질문을 던져 보았어요. 토끼는 왜 용궁으로 갈 수밖에 없었을까요? 토끼를 유혹해 수궁으로 데려간 자라의 행동을 어떻게 바라보아야 할까요? 《토끼전》을 통해 작가가 궁극적으로 말하고자 한 것은 무엇일까요? 여러분과 고전을 읽으며 함께 생각해 보고자 합니다.

또한 지금까지 등장인물 중 하나로만 여겨졌던 '자라'에 대해서도 좀 더 깊이 들여다볼 거예요. 그의 행동이 옳은지 그른지 또 그렇게 생각하는 이유는 무엇인지 고민해 볼 것입니다.

옛이야기를 들으면서 우리 조상들은 울고 웃었습니다. 그리고 중요한 삶의 가치를 배웠지요. 현대를 사는 우리 역시 고전을 통해 삶을 배울 수 있습니다. 작품 속 등장인물을 바라보며 그들의 행동이 옳은지, 그들이 추구하는 가치는 타당한지, 그리고 어떻게 사는 게 바람직한지 고민해 보게 되지요. 《토끼전》을 읽으며 이에 대한 답을 찾았으면 합니다.

마지막으로 하나만 덧붙일게요. 고전 속 인물들을 단지 글 속에 갇혀 있는 존재라고 생각하지 않았으면 합니다. 이들은 지금도 우리 곁에서 숨 쉬고 있어요. 그렇게 여기고 작품을 볼 때 등장인물은 더욱 생생한 목소리로 우리에게 말을 걸어온답니다.

자, 이제 이야기 속으로 들어가 볼까요?

● 박진형

이 책의 활용

Part 1 | 고전 소설 속으로

고전을 아름다운 그림과 함께 담아냈습니다. 원전에 충실하면서도 어려운 단어를 최대한 줄이고 쉽게 풀이하여, 재미난 이야기를 마주하듯 술술 읽을 수 있도록 했습니다.

Part 2 | 물음표로 따라가는 인문학 교실

고전은 오늘의 우리를 비추는 거울이며, '인문학'을 담고 있는 그릇입니다. 이 책은 고전의 재미를 더하고, 우리 고전을 인문학적인 관점에서 바라볼 수 있도록 구성되었습니다.

● **고전으로 인문학 하기**

고전 소설을 읽고 나면 머릿속에는 여러 질문들이 떠올라요. 물음표에 대한 답을 따라가 보세요. 배경지식이 쑥쑥 늘어날 거예요.

● **고전으로 토론하기**

고전의 내용에 기반한 가상 대화가 이어집니다. '고전으로 토론하기'를 통해 다르게 생각하는 힘을 길러 보세요.

● **고전과 함께 읽기**

함께 읽으면 더욱 좋은 문학, 영화, 드라마 등을 소개합니다. 비슷한 주제가 다른 작품에서는 어떻게 표현되었는지 살펴보고 생각의 폭을 넓히세요.

차
례

Part 1 | 고전 소설 속으로

토
끼
전

고전 소설 속으로

우리 고전 소설의
재미와 **감동**을
오롯이 느껴 봅시다.

●

"땅 위에 토끼라는 짐승이 있습니다.

대왕의 병에는 그 토끼의 간밖에 없습니다.

토끼의 간을 반드시 드셔야 하지요.

그 외에 다른 약은 없습니다."

●

용왕의 병에는
토끼의 간뿐이라네

　머나먼 옛날, 깊은 바다는 동서남북으로 나누어져 있었다. 바닷속 나라에는 용왕들이 각각의 바다를 지키고 있었다. 동쪽 바다는 광연왕, 남쪽 바다는 광리왕, 서쪽 바다는 광덕왕, 북쪽 바다는 광택왕이 다스렸다.

　북쪽, 서쪽, 동쪽 바다는 무사태평하였다. 그러나 남쪽 바다에 문제가 생겼다. 광리왕이 우연히 병들었기 때문이다. 신하들은 바닷속에서 구할 수 있는 온갖 약을 써 보았지만 아무런 효과가 없었다. 용궁은 온통 근심에 싸였다.

　그러던 어느 날, 하늘에서 옥피리 소리가 들리며 오색구름이 내려와 용궁을 뒤덮더니, 그 속에서 한 신선이 모습을 드러냈다. 푸른 옷을 입은 그는 한 손에는 하얀 깃털 부채를, 다른 한 손에는 커다란 지팡이를 지니고 있었다.

신선은 바람처럼 가벼운 걸음으로 용왕에게 다가와 인사를 하고 옷자락을 바로 하여 단정히 앉았다. 깜짝 놀란 용왕이 급히 몸을 일으켰다.

"하늘 나라의 신선께서 이곳을 방문해 주시니 참으로 감사할 따름입니다. 제가 병이 깊어서 일어나 대접하지 못하니 부디 용서하십시오."

신선은 흰 수염을 쓰다듬으며 말했다.

"아닙니다. 마침 은하수에 뗏목을 띄우고 지나다가 용왕님께서 편찮으시다는 소식을 들었습니다. 제가 특별한 재주는 없지만 병세가 어떠신지 한번 살펴보려고 이곳에 왔습니다."

용왕은 기뻐하며 말했다.

"그동안 효험이 좋다는 약을 모두 썼지만 병이 낫지를 않았습니다. 그러던 차에 옥황상제께서 은혜를 베푸셔서 신선을 보내 주셨군요. 부디 잘 살펴 주시기 바랍니다."

신선은 용왕의 맥을 짚고 이곳저곳을 만져 보았다. 그러고는 눈을 감고 깊은 생각에 잠겼다.

신선이 마침내 입을 열었다.

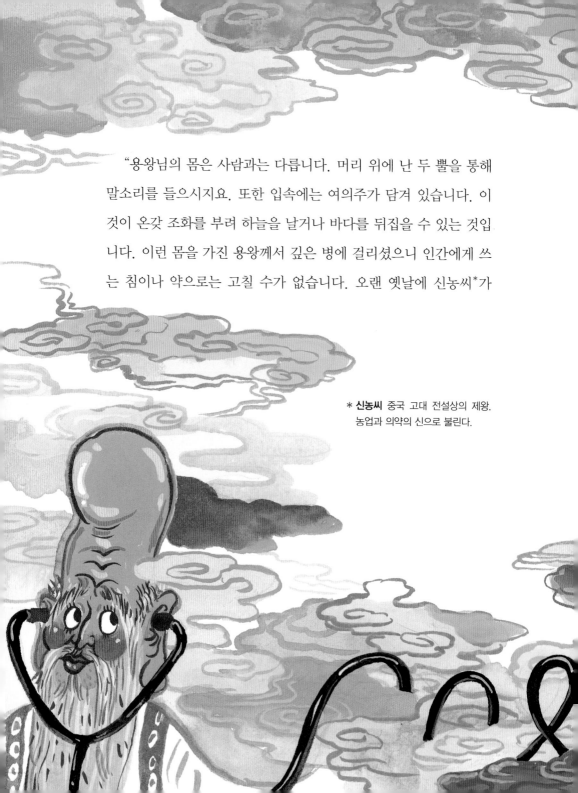

"용왕님의 몸은 사람과는 다릅니다. 머리 위에 난 두 뿔을 통해 말소리를 들으시지요. 또한 입속에는 여의주가 담겨 있습니다. 이것이 온갖 조화를 부려 하늘을 날거나 바다를 뒤집을 수 있는 것입니다. 이런 몸을 가진 용왕께서 깊은 병에 걸리셨으니 인간에게 쓰는 침이나 약으로는 고칠 수가 없습니다. 오랜 옛날에 신농씨*가

* **신농씨** 중국 고대 전설상의 제왕.
  농업과 의약의 신으로 불린다.

삼백 가지 풀을 맛보고 병에 맞는 약초를 찾아냈지만 용왕님께 맞는 약은 없습니다. 게다가 딱딱한 비늘이 온몸을 감싸고 있어서 침을 놓을 수 없고, 불에 익힌 음식도 드실 수 없으니 탕약을 처방하기도 어렵습니다. 참으로 안타깝습니다."

"아아…… 정녕 방법이 없다는 뜻입니까?"

용왕이 슬픈 표정으로 되물었다. 신선은 조심스럽게 대답했다.

"방법이 아주 없는 것은 아니지만……."

용왕은 깜짝 놀라며 반겼다.

"정말입니까? 부디 방법을 알려 주십시오."

신선은 용왕을 바라보며 말했다.

"한 가지 약이 있긴 하지만 인간 세상에 있는 것이라 구하기 쉽지 않을 듯합니다."

"그게 무엇입니까? 제발 가르쳐 주십시오."

"땅 위에 토끼라는 짐승이 있습니다. 대왕의 병에는 그 토끼의 간밖에 없습니다. 토끼의 간을 반드시 드셔야 하지요. 그 외에 다른 약은 없습니다."

"대체 토끼라는 건 어떤 짐승입니까? 또 그 간이 어떻게 약이 된다는 것인지요?"

다급한 용왕의 물음에 신선이 대답했다.

"설명해 드리지요. 토끼라는 것은 천지가 열린 뒤 음(陰)과 양

(陽)의 조화로 태어난 짐승입니다. 자고로 병은 음양오행*의 조화로 고치는 법이지요. 용왕님께선 물의 신이고, 토끼는 산속의 영물입니다. 산은 양의 기운을, 물은 음의 기운을 가지고 있지요. 더구나 간은 나무의 기운으로 된 것이니 만일 용왕님께서 토끼의 생간을 얻어다 쓰시면 음과 양이 서로 화합하는 셈입니다. 그러면 병이 낫게 되지요. 그 약이 아니면 그 어떤 이름난 의원이 오더라도 병을 고칠 수 없습니다."

"오오…… 그렇군요."

신선은 마지막으로 당부했다.

"저는 이만 물러갈까 합니다. 부디 용왕께서는 몸을 잘 보존하시기 바랍니다."

신선은 소매를 떨치고 자리에서 일어나 밖으로 나갔다. 잠시 후 구름이 일며 신선의 모습은 사라지고 맑은 옥피리 소리만 은은히 들릴 뿐이었다.

용왕이 생각할수록 참으로 큰일이었다. 토끼라 하는 것은 인간 세상의 짐승이로다. 그놈의 간을 구해야 자기 병을 고칠 수 있는 것이다.

---

* **음양오행** 음양은 우주 만물의 서로 반대되는 두 가지 기운을 말하고, 오행은 우주 만물을 이루는 다섯 가지 원소인 쇠[金], 물[水], 나무[木], 불[火], 흙[土]을 말한다.

"여봐라. 신하를 모두 불러들여라."

용왕의 명이 떨어지자 바다 세계가 떠들썩해졌다.

곧 모든 신하들이 궁으로 모여들었다. 좌승상 거북, 우승상 잉어를 비롯해 이부 상서 농어, 호부 상서 방어, 예부 상서 문어, 병부 상서 숭어, 형부 상서 준어, 공부 상서 민어, 한림학사 깔따구, 간의대부 물치, 백의정승 쏘가리, 금자광록 금치, 은청광록 은어, 대원수 고래, 대사마 곤어, 용양 장군 이무기, 호위 장군 장어, 표기 장군 벌덕게, 육격 장군 새우, 합 장군 조개, 참군 메기, 주부*

---

* '주부'는 관청의 문서 등을 관리하던 종육품 벼슬이다. 여기서는 자라 별(鼈)을 붙여서 자라를 '별주부'라 불렀다.

자라, 청주 자사 청어, 서주 자사 서대, 연주 자사 연어, 주천 태수 홍어, 청백리 자손 백어, 탐관오리 자손 오징어, 허리 긴 뱀장어, 수염 긴 대하, 구멍 없는 전복, 배부른 올챙이 떼가 차례대로 들어와서 주르르 엎드렸다. 궁궐은 생선 비린내로 진동했다.

●

"나의 병이 깊어서 치료하기가 어렵도다.

그런데 하늘의 신선이 말하길, 토끼의 간을 못 먹으면

죽을 수밖에 없다고 한다.

누가 육지의 토끼를 잡아 나의 병을 낫게 하겠느냐?"

●

충직한 신하가
이리도 없는고?

용왕이 신하들을 둘러보며 물었다.

"묻고 싶은 것이 있다. 그대들은 임금과 신하의 맡은 바가 서로 다르다는 걸 아는가?"

좌승상 거북이 아뢰었다.

"예, 잘 알고 있습니다. 일찍이 저희 집안 어르신께서 천하를 다스릴 아홉 가지 도리를 가르쳐 주셨습니다. 그중에 한 가지는 임금과 신하가 맡은 책임이 다르다는 것입니다."

"그렇다면 어떤 신하가 충신인고?"

"임금님을 위해서라면 자기 몸 죽기를 마다하지 않는 것입니다. 그래서 진나라의 개자추*는 허벅지 살을 베어 굶주린 임금께 드렸고, 한나라의 기신*은 임금을 대신해 불에 타 죽은 것이지요."

"과연 그렇도다."

용왕은 고개를 끄덕이며 물었다.

"좌승상의 말이 맞다. 그렇다면 묻고 싶다. 우리 수궁에도 충신이 있는가?"

우승상 잉어는 왠지 가만히 있으면 안 될 것 같았다. 좌승상이 이리도 대답을 잘하는데, 우승상인 자기가 아무 말도 못 하면 그야말로 망신 아닌가? 잉어는 앞으로 나서서 말했다.

"저희 집안은 예부터 학문을 좋아하기로 유명하지요. 그리하여 천하의 성인인 공자도 신의 이름을 본따 아들 이름을 리(鯉, 잉어 리)로 지었습니다. 저는 충신에 대한 책은 전부 다 읽어 보았습니다. 누가 충신인지는 평상시엔 알 수 없는 법입니다. 거센 바람이 불 때 강한 풀이 무엇인지 알 수 있듯, 세상이 혼탁할 때 비로소 충신을 알아볼 수 있는 법이지요. 나라가 평화로울 땐 모두가 충신인 것처럼 말하지만, 나라가 어려울 땐 충신이 귀한 법입니다."

* 개자추는 중국 춘추 시대 진나라의 현명한 신하로, 문공에게 충성을 다하였다. 그러나 문공은 왕위에 오른 뒤 개자추를 등용하지 않았고, 실망한 개자추는 산으로 들어갔다. 이후에 문공이 산에 불을 질러도 절대 나오지 않았다.
* 기신은 한나라 초기 때 사람으로, 유방을 섬겼다. 유방이 항우의 군사에게 포위되었을 때 기신은 자청하여 유방으로 가장하고 대신 잡힘으로써 유방을 탈출시켰다. 분노한 항우가 그를 불태워 죽였다.

용왕이 말했다.

"나의 병이 깊어서 치료하기가 어렵도다. 그런데 하늘의 신선이 말하길, 토끼의 간을 못 먹으면 죽을 수밖에 없다고 한다. 누가 육지의 토끼를 잡아 나의 병을 낫게 하겠느냐?"

이번에는 공부 상서 민어가 나섰다.

"토끼라 하는 게 어떻게 생겼는지는 모르겠지만 역사책에 보니 산속에 산다고 합니다. 그러니 대원수 고래에게 날쌘 군사 삼천 명을 내주고 잡아 오도록 하소서."

대원수 고래는 벌컥 화를 냈다.

"날 보고 육지로 가라고? 내 말 좀 들어 보시오. 그대는 육지와 바다가 다르다는 걸 모르는가? 물속에 있는 군사들이 어찌 육지에서 싸운단 말이오? 저런 무식한 생각을 가진 놈이 어찌 높은 벼슬을 해 먹는가? 하는 일이라고는 남에게 위험한 일 떠밀며 거들먹거리는 것이니, 원!"

이번에는 한림학사 깔따구가 입을 열었다.

"토끼라 하는 것은 조그만 짐승입니다. 대왕님의 병환에 좋다면 그까짓 것 구하기가 어렵겠습니까? 토끼 몇 마리를 바치라고 산신령에게 편지를 보내면 될 것 같습니다."

용왕이 다시 물었다.

"편지는 쓴다 쳐도 누가 가져다가 산신령에게 줄꼬?"

간의대부 물치가 여쭈었다.

"표기 장군 벌덕게는 갑옷이 단단한 데다 열 개의 발이 달려 있어서 앞뒤로 움직일 수 있습니다. 게다가 그의 고향이 육지이니 편지를 주어 보내소서."

벌덕게는 물치 말에 화가 잔뜩 났다. 신하들 앞쪽으로 엉금엉금 기어 나오더니 입에 거품을 물고 말했다.

"수궁의 벼슬은 인간 세상과 같지 않습니다. 권세가 있다고 하는 것도 아니고, 누구에게 부탁한다고 할 수 있는 것도 아니지요. 오직 생김새가 단정하고 능력이 출중해야만 비로소 벼슬을 할 수 있습니다.

농어는 큰 입과 작은 비늘이 무척 잘생겼습니다. 그뿐만 아니라 생각이 깊고 점잖아서 이부 상서가 되었지요. 방어는 예로부터 대표적인 물고기로 꼽혔습니다. 엽전을 공방(孔方)이라 하는데, 이름에 '방(方)'이 붙는 방어는 경제를 담당하는 호부 상서를 맡고 있지요. 여덟 개의 다리를 가진 문어는 마땅히 지켜야 하는 여덟 가지 예법을 잘 알고 있습니다. 그는 이름에도 글월 문(文) 자를 쓰고 있기에 교육을 담당하는 예부 상서가 된 것입니다. 숭어는 아주 용감하고 날렵하여 군대를 담당하는 병부 상서를 맡고 있지요. 가시가 많은 준어는 사람들이 어려워하기에 법을 다스리는 형부 상서가 되었고요. 민어는 이름에 민(民)이 들어간 데다 배 속에 있는 부레

풀이 악기나 가구를 만들 때 쓰이는 고로 수공업을 관리하는 공부 상서를 맡았습니다. 한편 도미는 맛이 좋고 모양도 점잖지만, 이름이 한자가 아닌 데다 고기 어(漁)가 들어 있지 않다고 해서 상서 벼슬에 오르지 못했습니다. 이것이 바로 수궁에서 벼슬을 하는 규칙입니다."

용궁의 모든 신하들은 벌덕게의 말에 집중했다. 게는 잠시 숨을 고르고 다시 말을 이어 갔다.

"그런데 저 한림학사 깔따구와 간의대부 물치란 놈 좀 보십시오. 깔따구는 이부 상서 농어의 자식이고, 물치는 병부 상서 숭어의 자식입니다. 집안을 보고 입에서 아직 젖내 나는 것들을 높은 벼슬에 올린 것이지요. 아무 이치도 모르는 놈들이 말도 안 되는 방법을 해결 방안이라고 내놓고 있습니다. 육지와 바다가 다른데 용왕님께서 쓴 편지를 산신령이 듣겠습니까? 아예 저놈들이 편지를 써서 가져가라고 하십시오."

평소에 문관들에게 눌려 지내던 무관의 분노가 터져 나온 것이었다. 자칫하면 큰 싸움으로 번질 수 있기에 용왕은 급히 말려야 했다.

"그만들 하시오. 한시바삐 토끼의 간을 구해야 하는데 이렇게 다툴 시간이 어디 있소?"

그러고는 백의정승 쏘가리에게 물었다.

"충성스런 신하를 찾는 게 왜 이리 어려운고? 보낼 만한 신하를 선생께서 추천해 보시오."

백의정승 쏘가리는 본래 관직에 욕심이 없었다. 그는 벼슬하기를 꺼렸기에 한가로이 물러나 자연을 벗 삼아 살고 있었다. 수궁 사람들은 그런 쏘가리를 강호* 선생이라 부르며 존경했고, 나라에 무슨 일이 생기면 불러서 의논하곤 했다.

* **강호** 예전에 시인이나 숨어 지내던 이가 현실을 도피하여 생활하던 시골이나 자연.

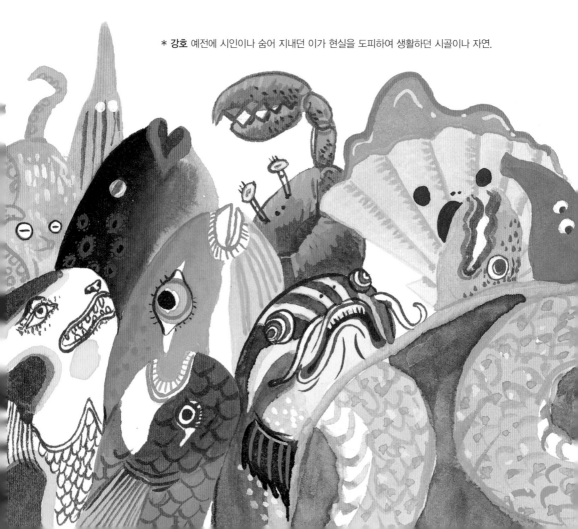

쏘가리가 말했다.

"예로부터 임금만큼 신하를 잘 아는 이가 없다고 했습니다. 그러니 이 문제는 대왕님께서 직접 정하소서. 자기 임무를 감당하지 못할 신하라면 제가 나서서 안 된다고 말씀드리겠습니다."

그 말을 들은 용왕은 물었다.

"합 장군 조개는 어떠한가? 온몸이 단단한 갑옷으로 둘러싸여

있으니 괜찮지 않은가?"

"아니됩니다. 합 장군이 대장부이긴 하나 문제가 있습니다. 어부지리(漁父之利)*라는 말도 있지 않습니까? 도요새와 원수를 졌기에 서로 다투다가 어부에게 잡힐 수도 있으니 보내지 마옵소서."

쏘가리는 고개를 저으며 대답했다.

"그렇다면 참군 메기는 어떤가? 긴 수염이 있는 데다 점잖으니 보내도 되지 않겠는가?"

"요즘 인간 세상에선 물고기 죽이는 가루를 돌 밑에다 풀어 놓는다고 합니다. 아마 민물 근처에는 갈 수도 없을 것입니다."

"그럼 도미는? 평소에도 상서 벼슬에 오르고 싶어 했으니, 다녀오면 승진시켜 주기로 약속하고 도미를 보내 볼까?"

"안 됩니다. 이제 곧 사월 초팔일이 다가옵니다. 도미를 보냈다간 인간들에게 잡혀 도미찜이 되기 십상일 것입니다."

"허어, 그럼 올챙이는 어떤가? 볼록한 배 속에 보고 들은 게 많을 테니 보내면 어떻겠는가?"

"올챙이는 속도가 느려서 한두 달 안에 돌아올 수 없습니다. 게

---

* **어부지리** 두 사람이 서로 이득을 얻으려고 싸우는 사이에 엉뚱한 사람이 이익을 가로챔을 이르는 말. 도요새가 무명조개(백합)의 속살을 먹으려고 부리를 조가비 안에 넣는 순간 무명조개가 껍데기를 꼭 다물고 부리를 안 놔주자, 서로 다투는 틈을 타서 어부가 둘 다 잡아 이익을 얻었다는 데서 유래한다.

다가 개구리 올챙이 적 생각 못 한다는 말도 있지요. 올챙이가 개
구리가 되어서 자기가 할 일을 까맣게 잊어버리면 어쩌겠습니까?"

●

"대왕님, 충성심은 마음속에 있으니
겉모습만 보고는 알 수 없습니다.
제가 죽는 한이 있더라도 토끼를 잡아 올 테니,
그 생김새나 그려 주시기 바랍니다."

●

제가 기필코
구해 오겠습니다

아침부터 시작된 대화는 한낮이 되어도 끝나질 않았다. 용왕은 무척 답답해졌다.

그때 문득 한 신하가 나서서 말했다.

"부모님께 효도하고 임금님께 충성하는 것은 당연히 해야 할 일이지, 억지로 시킨다고 되는 게 아닙니다. 저희 집안에는 대대로 충신이 많았습니다. 물속 세상은 물론 인간 세상에서도 이를 알기에 사람들은 저희를 잡아먹지 않았고, 어부들도 물에 다시 풀어 주곤 했지요. 저희 집안사람들은 높은 벼슬을 바라지 않았고, 그저 주부 벼슬에 만족하며 충성을 다했습니다. 만약 제 간을 잡수셔서 대왕의 병을 낫게 할 수 있다면 곧바로 빼내 드리겠지만, 토끼의 간이 아니면 안 된다니 어쩌겠습니까. 제가 육지에 가서 기필코 구해 오겠습니다."

신하들이 깜짝 놀라 그 신하를 바라보았다. 그는 모두가 평소에 업신여기던 주부 자라였다.

용왕은 미심쩍은 표정으로 물었다.

"네 말이 진심이더냐?"

"그렇습니다."

"토끼를 잡으려면 인간 세상까지 수만 리는 가야 하는데도?"

"예."

"무수한 봉우리와 골짜기를 넘어야 하는데도?"

"예."

"하지만 참으로 걱정이구나. 산속에 사는 수백 마리 동물 중에서 토끼를 어찌 알며, 설령 토끼를 만난다 해도 네가 어떻게 데려오겠느냐? 목숨을 내던질 충성심과 제갈공명* 같은 지혜가 있어야 하고, 빠른 속도와 밝은 눈, 뛰어난 말솜씨와 장사 같은 힘이 있어야 성공할 터인데 네가 과연 해낼 수 있겠느냐? 너의 생긴 모습 보니 참으로 어려워 보인다. 술안주로 자라탕 되기 십상이로다."

---

* **제갈공명**(181~234년) 제갈량. 중국 삼국 시대 촉한의 정치가. 뛰어난 군사 전략가로, 유비를 도와 오나라와 연합하여 조조의 위나라 군사를 크게 무찌르고 촉한을 세웠다.

자라가 아뢰었다.

"대왕님, 충성심은 마음속에 있으니 겉모습만 보고는 알 수 없습니다. 그리고 제가 느리다고는 하지만 발이 네 개나 있고, 위험할 땐 언제든 목을 감출 수 있습니다. 제 뾰족한 머리에는 지혜가 가득하고, 넓은 허리에는 힘이 넉넉하며, 얄팍한 볼에는 말솜씨가 충만합니다. 제가 죽는 한이 있더라도 토끼를 잡아 올 테니, 그 생김새나 그려 주시기 바랍니다."

용왕은 크게 감탄했다.

"아아! 그야말로 충성스럽구나! 네가 진정한 충신임을 알 수 있도다."

그러고는 즉시 화공(畵工) 인어를 불러 토끼를 그리도록 했다. 인어는 백옥으로 새겨진 벼루에 먹을 갈고, 온갖 색깔의 물감을 준비했다. 그런 뒤 고운 비단을 펼쳐 붓을 들었다.

그런데 큰 문제가 있었다. 인어는 토끼를 본 적이 한 번도 없었던 것이다. 모든 신하가 쩔쩔매고 있을 때 전복이 나섰다.

"저는 전생에 꿩이었습니다. 그래서 토끼를 본 적이 있지요."

모두가 전복을 돌아보았다.

"제가 산속에 살 때였습니다. 사냥꾼이든 독수리든 뭘 잡으려 하면 제일 만만한 게 저와 토끼뿐이었지요. 둘 다 늘 목숨이 위태로웠기에 어려움에 처했을 땐 서로를 도왔습니다. 비록 저는 하늘을 나는 새였고, 토끼는 육지를 뛰어다니는 짐승이었지만 서로의 처지를 불쌍하게 여기며 친하게 지냈기에 토끼의 생김새가 지금도 눈앞에 선합니다."

전복은 토끼의 모습을 묘사하기 시작했다.

오호라, 기억을 되살려 토끼의 모습을 떠올려 보자.

촛불 같은 흰 달 바라보는 '눈', 여기저기 새 우짖는 소리 듣는 '귀', 봄바람에 만발한 꽃향기 맡는 '코', 여기저기 뒹구는 밤과 도토리 주워 먹는 '입', 그리고 사냥개에 쫓겨 깡충깡충 달아나는 '발', 새하얀 눈처럼 보드라운 '털'…….

인어는 전복의 말을 토대로 토끼를 그리기 시작했다. 두 귀는 쫑긋, 두 눈은 동글동글, 허리는 잘록, 꼬리는 짤막, 술술 그려 내니 어느새 토끼의 모습이 완성됐다. 자라는 목을 움츠리더니 몸속으로 그림을 쏙 넣었다. 아주 감쪽같았다.

"그럼 다녀오겠습니다, 대왕님."

용왕이 당부했다.

"옛날에 진시황이 영원히 죽지 않는 약을 구하려고 신하를 보냈는데, 큰 연못이 신하를 가로막아 돌아오지 못했다는 이야기가 있다. 그 얼마나 불쌍한 일인가? 그대 같은 충성스런 신하는 세상에

둘도 없을 것이다. 반드시 인간 세상에 있는 토끼를 잡아 와서 짐의 병을 낫게 하라. 그러면 네 자손에게 땅을 나누어 주어 그 공로를 치하할 것이다. 부디 조심히 다녀오너라."

자라는 용왕의 은혜에 감사하며 절을 하였다. 그리고 집으로 돌아와 아내에게 이별을 고했다. 아내 역시 자라에게 당부하였다.

"육지는 위험한 곳입니다. 부디 조심하여 큰 공을 세워서 얼른 돌아오십시오."

이에 자라가 대답했다.

"삶과 죽음이 하늘에 달렸으니 무슨 염려가 있으리오. 돌아올 때까지 늙은 부모와 어린 자식들을 잘 살펴 주시구려."

자라는 푸른 물결을 헤치며 육지로 서서히 나아갔다.

●

“산속에서는 가끔 동물들이 모두 모여 회의를 한답니다.

우리 집에 계시다가 그날 함께 가시지요. ”

자라는 크게 기뻐하며 남생이의 집에 따라갔다.

●

우린 본래
같은 뿌리였다오

　육지는 꽃과 버들이 피어나는 봄이 한창이었다. 찬란하게 핀 진달래꽃은 향기를 자아냈고, 알록달록한 호랑나비는 봄기운에 이리저리 흩날렸다. 수양버들 늘어진 시냇가엔 황금색 꾀꼬리가 날아들었고, 꽃 사이에 잠든 학은 몸을 떨고 일어나 하늘로 날았다. 가지 위의 두견새가 목 놓아 우짖으니 이곳은 바다와 전혀 다른 세상이었다. 자라는 거듭 탄성을 내뱉었다.

　'정말 아름다운 곳이구나!'

　자라는 느릿느릿 산 쪽으로 향했다. 산속 풍경은 참으로 다채로웠다. 빽빽하게 우거진 나무, 기이한 바위와 깎아 놓은 듯한 낭떠러지, 소용돌이치는 계곡과 콸콸 흐르는 물소리에 정신이 팔렸다.

'참으로 넓고도 깊은 곳이로다. 어디서 토끼를 찾는단 말인가.'

어느덧 지는 해에 깜짝 놀란 자라는 다시 걸음을 재촉했다.

그때 저편 폭포수 아래에서 한 짐승이 젖은 몸을 털며 자라 앞에 나타났다. 그 짐승이 먼저 인사를 건넸다.

"어디서 오는 길이시오?"

자라가 자세히 보니 그 짐승은 자신과 무척이나 비슷해 보였다.

"정처 없이 떠도는 나그네입니다. 당신은 누구십니까?"

상대가 대답했다.

"내가 누구인지 말하자니 그 사연이 참으로 길지만, 당신이 나와 비슷하게 생겼으니 말해 주리다. 우리 선조들은 대대로 남해 바다에서 벼슬을 하면서 충신으로 지내셨소. 그러다 조부님이 모함을 당해 인간 세상에 유배 오게 됐지요. 그 뒤로는 산속을 거닐고 바위에 걸터앉아 고향을 그리는 노래를 부르면서 여태껏 지내 왔다오. 그런 모습을 보고 사람들이 이름을 지어 주었지요."

"그 이름이 무엇입니까?"

"남쪽 바다에서 왔다 하여 남녘 남(南) 자, 온 세상이 다 취해 있는데 나만 홀로 깨어 있다 하여 깰 성(醒) 자, 그리하여 우리 조부님은 '남성 선생'이라 불리게 되었다오. 그러고 나니 바다에 있던 조부의 아내가 남편을 찾아 육지로 올라오지 않았겠소? 그때부터 육지 생활에 적응하게 되었답니다. 그런데 가난한 형편에 자식한테

일일이 이름을 짓기가 어려워서 다들 그냥 조부님 성함을 따라 불렀지요. 그래서 그 아들도 남생이, 손자인 나도 남생이, 내 아들들도 전부 남생이라 불린다오.”

그는 자라와 같은 핏줄이었다! 자라는 감격한 마음으로 말했다.

“세상일이란 참으로 알 수 없는 것 같소. 나의 먼 조상님께는 여섯 형제가 있었다고 합니다. 그분들은 모두 힘이 천하장사여서 산을 옮길 정도였다지요. 그중에 네 형제의 자손들은 아직도 바다에 살지만, 나머지 두 형제의 자손들은 사라져 안타깝게도 대가 끊겼다고 합니다. 이를 두고 한 신선이 이런 시도 남겼다지요.”

여섯 마리 자라가 삼신산*을 메고 다니다가
두 마리는 없어지고 네 마리가 메고 있네.
삼신산이 흘러 흘러 지금은 어디로 갔나?

자라는 한탄하듯 노래를 부르고 나서 말을 이었다.

“나는 그 후손이 끊어진 줄로만 알았답니다. 그런데 지금 그대의 말을 들으니 당신이야말로 우리 조상님의 핏줄임이 틀림없소.”

---

* **삼신산** 중국 전설에 나오는 봉래산, 방장산, 영주산을 통틀어 이르는 말. 진시황과 한 무제가 늙지도 않고 죽지도 않게 해 주는 약을 구하기 위하여 어린아이 수천 명을 보냈다고 한다.

남생이는 눈물을 펑펑 흘렸다.

"아, 반가운 마음을 말로 표현할 수 없습니다. 그건 그렇고 그쪽은 어찌하여 귀한 몸으로 이 먼 길을 오셨습니까?"

"날이 갈수록 우리 수궁의 물이 더러워져서, 이참에 용궁을 옮겨 지으려 한답니다. 그런데 바다에는 좋은 터를 알아보는 이가 없지요. 마침 토끼가 눈이 아주 밝다는 소문을 듣고, 수궁으로 모셔다가 대궐 터를 정하려고 합니다."

남생이가 대답했다.

"그렇군요. 산속에서는 가끔 동물들이 모두 모여 회의를 한답니다. 저와 두꺼비는 비록 몸에 털은 없지만, 네발이 있기에 동물로 인정받아 늘 회의에 참석했지요. 마침 이번 달 15일에 산속 정자에서 모임이 있다고 합니다. 그러니 우리 집에 계시다가 그날 함께 가시지요. 그때 토끼를 만나면 될 것 같습니다."

자라는 크게 기뻐하며 남생이의 집에 따라갔다. 그리고 그곳에서 육지에 사는 친척들을 만나 인사를 나누었다. 이들은 자라를 극진히 대접하였다. 자라는 모처럼 편안한 나날을 보냈다.

●

"본래 우리 짐승들은 사람을 위해 생긴 것입니다.

사람은 고기를 먹도록 되어 있기에,

그들에게 잡혀 죽는 것은 조금도 서럽지 않습니다."

●

동물 회의에는 아무런 성과가 없더라

시간이 흘러 동물들이 모이는 날이 되었다.

자라는 남생이와 함께 산속 정자를 찾아갔다. 그곳에는 이미 수많은 동물들이 모여 있었다. 기린, 코끼리, 사자, 곰, 원숭이, 호랑이, 사슴, 노루, 토끼, 살쾡이, 여우, 쥐, 다람쥐, 고라니, 너구리, 멧돼지, 오소리, 족제비, 독수리, 두꺼비 등 온갖 동물이 모여 떠들어 댔다. 산속 동물들의 임금인 호랑이가 자리에서 일어나 말을 꺼냈다.

"자, 오늘 모이라고 한 이유는 우리에게 닥친 위기를 논의하기 위해서다. 여러분도 알다시피 흉악한 세상 사람들이 우리를 잡아먹으려고 날이 갈수록 온갖 꾀를 부리고 있다. 게다가 땔감으로 쓰

겠다고 산의 나무를 하나둘씩 베어 가니 우리가 숨을 곳도 점점 사라지고 있다. 이에 대해 의견을 나누고자 한다. 누구라도 이 어려움을 극복할 방법이 있다면 자유롭게 말해 보거라."

너구리가 먼저 입을 열었다.

"제가 평소에 몹시 미워하는 놈이 있었습니다. 다만 제가 힘이 없어서 지금까지 아무 말도 못 하고 살았지요. 그런데 마침 호랑이님께서 의견을 내라니 말씀드리겠습니다.

하늘이 열리고 세상이 처음 생길 때부터 사람은 가장 귀한 존재로 태어났습니다. 본래 우리 짐승들은 사람을 위해 생긴 것입니다. 사람은 고기를 먹도록 되어 있기에, 그들에게 잡혀 죽는 것은 조금도 서럽지 않습니다.

하지만 괘씸한 건 바로 사냥개라는 놈입니다. 그놈들은 우리와 같은 짐승입니다. 그런데도 언제부턴가 사람에게 빌붙어 살고 있지요. 본래 사냥개 놈들은 다른 개들처럼 똥이나 주워 먹고 도둑을 막는 것만으로도 주인의 은혜를 갚는 셈입니다. 그런데 지금은 인간에게 아첨하기 위해 우리를 쫓는 앞잡이 노릇을 하고 있지요. 냄새 잘 맡는 걸 자랑하면서 깊은 산속 으슥한 골짜기까지 찾아와 컹컹 짖어 댑니다. 심지어는 굴속까지 들어와서 우리를 물어 죽이지요. 더 기가 막힌 건 그렇게 애를 써도 잡은 짐승은 모두 사냥꾼 차지이고, 저놈들은 고기 한 점, 피 한 모금 맛볼 수 없다는 것입니다. 자기한테는 아무런 이익도 없으면서 동족을 죽이는 게 바로 그 놈들이지요.

그러니 호랑이님, 앞으로는 다른 짐승을 죽이지 말고 세상에 있는 사냥개만 전부 잡수십시오. 그렇게 하신다면 저뿐만 아니라 모든 짐승에게 그 덕이 돌아갈 것입니다."

이에 호랑이가 대답했다.

"나 역시 사냥개란 놈을 무척 싫어한다. 그 녀석들을 다 잡아먹으면 너희의 분풀이도 되고, 나도 배가 부르겠지. 그러나 녀석들 곁에는 늘 포수가 따라다닌다. 낮이든 밤이든 함께 돌아다니니, 녀석들을 잡으려다 총알이 날아오면 나는 어찌 되겠느냐?"

너구리가 다시 여쭈었다.

"그러면 사냥개가 지금처럼 살게 그대로 내버려 두겠다는 말씀입니까?"

"토끼 사냥이 끝나면 사냥개를 삶아 먹는다는 뜻의 '토사구팽'이라는 말도 있지 않더냐. 그 녀석들도 언젠가는 죽을 날이 있을 것이다."

이번에는 노루가 벌떡 일어나 의견을 말했다.

"오늘 회의에 산속 짐승들이 다 모인 데다 모처럼 저 멀리 사시는 기린 선생님도 오셨습니다. 그러니 음식이라도 대접해야 하지 않겠습니까?"

호랑이는 노루를 칭찬하였다.

"노루가 나이가 많아서 예의도 잘 아는구나."

이때 여우가 악삭빠르게 나섰다.

"다람쥐가 겨울을 나려고 밤과 도토리를 많이 모아 두었답니다. 그러니 어서 가져오라고 하옵소서."

호랑이는 그렇게 하라고 명령을 내렸다. 다람쥐는 억울했지만 어쩔 도리가 없었다. 다람쥐는 자기 것만 빼앗기기는 억울하니 만만한 놈을 하나 골라 물고 늘어지기로 했다.

"쥐도 양식이 많을 것입니다. 그러니 그의 것도 가져오라고 하옵소서."

쥐도 하는 수 없이 모아 둔 것을 가져다 바쳤고, 모든 짐승들이 이를 나눠 먹었다.

다시 호랑이가 말했다.

"나는 과일을 못 먹는다. 그러니 뭘 먹어야 하지?"

여우가 다시 나섰다.

"호랑이님 식성에 작은 짐승으로는 간에 기별도 안 갈 것입니다. 마침 멧돼지의 큰자식이 어지간히 자랐답니다. 그러니 어서 데려오도록 하소서."

호랑이는 여우를 크게 칭찬했다.

"생각 깊은 여우는 내 식성을 아주 잘 아는구나. 어서 내 옆에 와서 앉거라."

여우는 헤헤 웃으면서 팔짝 뛰어가 호랑이 옆에 앉았다. 멧돼지는 화가 치밀어 올라 여우를 깨물어 버리고 싶었다. 그러나 임금에게 아첨하는 간신처럼 호랑이 옆에 찰싹 붙어 그 위엄을 등에 업고 있으니 어쩔 수가 없었다.

멧돼지는 분하고 억울한 마음을 삭이느라 바닥의 깨진 그릇을 으드득 깨물면서 아끼는 자식을 바쳤다. 호랑이는 멧돼지 새끼를 덥석 물어서 두 볼이 미어터지게 먹었다. 이를 지켜보던 여우가 한

껏 자랑을 늘어놓았다.

"저희들이 못나서 남에게 들볶일 걱정을 하는 거지, 나처럼 행동하면 무슨 걱정이 있겠어. 사냥꾼만 해도 그래. 무덤 옆에 붙어서 지내다가 굴을 파고 숨어 버리면 아무도 나를 잡을 수 없지. 무덤에 불을 지를 순 없으니까 말이야. 사냥개에게 쫓길 때에도 여기저기 오줌을 눠 버리면 사냥개는 나를 찾을 수 없다고. 그리고 어딜 가더라도 제일 힘센 사람 비위만 잘 맞추면 한평생 편하게 살 수 있는데 그걸 모르고들 저리 난리야."

보다 못한 곰이 나지막한 소리로 말했다.

"오늘 이곳에 모인 건 우리 동물들이 위험에서 벗어나기 위한 방안을 논의하기 위해서였소. 그러나 지금 돌아가는 꼴을 보시오. 사냥개는 포수가 무섭기에 죽일 방법이 없고, 불쌍한 쥐와 다람쥐는 겨우 모아 놨던 살림을 다 빼앗겨 가족을 굶기게 되었고, 가난에 고통받던 멧돼지는 아들의 죽음이라는 더 큰 고통을 맛보았소.

이대로 있다가는 여우에게 밉보인 어느 누가 재앙을 당할지 모르겠소. 그놈의 웃음소리만 들어도 소름이 끼쳐서 더 이상은 못 듣겠소. 이제 그만들 돌아갑시다."

호랑이는 머쓱해져서 할 말이 없었다. 호랑이가 엉거주춤 자리를 뜨자 여우는 곰을 바라보며 이를 갈았다.

'저 미련한 곰탱이 녀석. 감히 나를 이런 식으로 모욕하다니! 나

중에 호랑이님께 크게 혼나게 만들겠다. 아니면 포수의 총에라도

죽게 하고 말 테다.'

●

토끼는 고개를 가로저었다.

"당신을 따라가면 좋기는 좋을 것이오.

하나 산속의 좋은 풍경에서 마음껏 뛰노는 즐거움을

어찌 잊을 수 있겠소? 나는 가지 않겠소."

●

곰이나
호랑이보다 낫구려!

아무것도 얻지 못한 채 모임이 끝나고 짐승들도 하나둘 집으로 돌아갔다. 그동안 남생이 옆에 가만히 있던 자라는 드디어 토끼를 발견하고 뒤를 바짝 따라갔다. 한참이 지나 아무도 없는 곳에 이르렀을 때 나지막한 목소리로 토끼를 불렀다.

"여보시오, 토 생원."

토끼는 본래 까불거리는 데다 몸이 작고 가벼워서 산속 짐승들에게 대접받지 못했다. 토끼보다 작은 쥐나 다람쥐도 '토끼야, 토끼야.' 하며 함부로 이름을 부르곤 했다. 그렇게 평생 동안 남에게 무시당했는데, 누군가 갑자기 생원이라고 불러 주니 토끼는 하늘을 날아갈 듯 기뻤다. 토끼는 주위를 두리번거리며 말했다.

"거기 계신 분은 누구시오? 나를 찾는 분이 누구시오? 하늘 나라 신선이 바둑 두자고 나를 찾나? 산속 선비가 술을 먹자고 나를 찾나?"

토끼가 이쪽으로 폴짝 저쪽으로 팔짝 깡충깡충 뛰어다니니, 깜짝 놀란 자라는 목을 쏙 집어넣고 가만히 엎드려 있었다. 그걸 본 토끼는 무척 의아해했다.

"이것이 무엇인고?"

토끼는 천천히 자라에게 다가왔다.

"쇠똥이 말랐는가? 깨진 무쇠솥인가? 이런 산속에 어찌 저런 것이 묘하게 널브러져 있는가? 아뿔싸! 이거 큰일 났다. 사냥 나온 포수가 화약심지 풀어 놓고 똥 누러 갔나 보다. 얼른 도망가자!"

이렇게 말하고는 깡충깡충 달아나려 했다. 자라는 토끼가 이대로 가 버리면 영영 볼 수 없겠다 싶어서 고개를 내밀고 다시금 불렀다.

"여보시오, 토 생원!"

자꾸 자기를 부르니 토끼는 귀를 의심했다.

"어라, 누가 나를 또 부르는가? 괴이하다, 괴이해."

토끼는 아장아장 다가와 자라를 바라보았다. 아까는 없던 목이 흙담 틈의 뱀 나오듯 슬금슬금 나왔다. 토끼는 의심이 들고 겁이 나 멀리 떨어져서 말했다.

"내가 이 산에서 태어난 지 몇 해가 되었는데 처음 보는 놈이로
구나. 나를 어찌 알고 불렀느냐?"

자라가 대답했다.

"공자님은 '벗이 멀리서 찾아오니 이 또한 즐겁지 아니한가?'라
고 말씀하셨네. 자네는 어찌 그리 무식하여 처음 본다고 업신여기
는가? 인사법부터 틀렸구먼."

토끼가 들어 보니 생긴 것과 말하는 게 신기했다. 토끼는 자라
곁으로 다가와 물었다.

"누구시오?"

"나는 용궁에서 주부 벼슬에 있는 자라라 하오."

"육시와 바다가 널리 떨어져 있기에 아무런 관계가 없는데 용궁의 신하가 어찌 이곳에 왔소?"

"어허. 아침에는 북해에서 놀고 저녁에는 창오산에서 잔다는 말도 못 들어 보았소? 우리 용왕님께서 남해 바다 팔천 리를 다스리시니 바다에는 늘 수많은 일들이 일어난다오. 그런데 그곳 신하들이 재주가 없기에, 우리에겐 용왕님을 보좌할 인재가 늘 필요하다오. 그러다 오늘 우연히 산속 동물들을 보게 되었소. 우리 용왕님을 도와 물속 세상을 다스릴 만한 이는 곰도 아니요, 호랑이도 아니요, 오직 토 선생 당신뿐이었소. 내가 그대를 만난 건 분명 하늘의 도움이구려. 나와 함께 용궁으로 갑시다."

토끼가 듣기에 너무나 기분 좋은 말이었지만, 자기 능력을 생각하면 도무지 믿기지 않았다.

"내가 어떻기에 곰이나 호랑이보다 낫다는 것이오?"

자라가 대답했다.

"곰의 몸이 크긴 하지요. 그러나 눈이 작은 데다 털이 수북해서 태양의 기운이 부족하니 미련해서 못 쓸 것이오. 호랑이는 비록 용맹하지만 코가 짧고 콧등이 낮아 얼굴이 움푹 들어갔다오. 수명이 짧을 상이지요. 하지만 선생의 모습을 보니 잘 다스려진 세상의 정치 수완이 좋은 신하요, 어지러운 세상의 총명한 영웅이구려. 눈이 밝고 속이 밝아 천문 지리를 다 알 것이고, 몸이 작고 발이 빨라 따라갈 이가 없을 것이오. 또 뛰어난 말솜씨나 가끔씩 조는 모습도 깊은 생각에 잠긴 것처럼 예사롭지 않아 보이는구려. 이 모두가 훌륭한 신하의 자질일 것이오. 선생을 보면 볼수록 모든 육지 동물 중의 제일이니, 우리 용궁으로 오시면 정승이나 대장군이 되어 부귀영화를 누릴 것이라오."

토끼가 골똘히 생각하니 자라의 말이 제 생김새와 낱낱이 똑같았다. 하지만 생긴 건 그렇다 쳐도 머릿속에 든 게 없으니, 용궁에 글솜씨 뛰어난 이가 있으면 망신을 당할 것도 같았다. 그래서 물었다.

"용궁에 있는 신하 중에 글을 잘 짓는 이가 몇이나 있소?"

"용궁에는 그런 이가 단 한 명도 없소. 오죽하면 새로 궁전을 지을 때 그 간판을 적기 위해 인간 세상에서 글 잘 짓는 선비를 초청했겠소?"

토끼는 안심이 되었다. 하지만 이번에는 자기의 작은 몸집이 걱정되었다. 토끼가 또 물었다.

"용궁에는 키 큰 신하가 있소?"

자라는 능청스레 대답했다.

"궁전에 간판을 달 때 내가 달았지요. 용궁에 나처럼 큰 신하가 없었기 때문이라오. 만약 선생께서 오시면 다들 거인이 왔다고 깜짝 놀랄 것이오."

토끼는 곰곰이 생각했다.

'음…… 그래. 넓은 마음과 뛰어난 말솜씨는 내 자랑거리다. 게다가 수궁에는 글 잘하는 신하도 없고, 나보다 키 큰 신하도 없다. 내가 꿀릴 게 없다.'

그러나 막상 정든 고향을 떠나자니 내키지 않았다. 토끼는 고개를 가로저었다.

"당신을 따라가면 좋기는 좋을 것이오. 하나 산속의 좋은 풍경에서 마음껏 뛰노는 즐거움을 어찌 잊을 수 있겠소? 나는 가지 않겠소."

자라는 당황스러웠지만 애써 태연한 표정을 지었다.

"산속의 즐거움이 그리 좋으시오? 정말로 그렇다면 나도 여기서 살 테니 자세히 한번 얘기해 보시오."

토끼는 자랑을 늘어놓기 시작했다.

"산에 봄이 오면 온갖 꽃이 만발하지요. 마치 병풍을 두른 듯 꾀꼬리는 노래하고 나비는 춤을 춘답니다. 그럴 땐 여기저기 꽃놀이를 다니면서 봄바람을 쐬기 딱 좋지요."

"아, 그렇구려. 그럼 여름은?"

"날이 갈수록 나무마다 잎이 무성해지면서 초록으로 변하지요.

이때는 산과 들로 소풍을 다니거나, 늘어진 버드나무에서 붉은 치마를 입고 그네를 타는 여인을 구경하곤 한답니다. 기이한 봉우리 비탈 사이에서 구름이 뭉게뭉게 피어오르는 모양이나 계곡에 모여 목욕을 즐기는 사람들 보는 것도 즐겁지요."

"오호라, 가을은 어떻소?"

"가을바람이 불 땐 옥같이 맑은 이슬이 나뭇잎에 서리처럼 맺히지요. 이 잎들은 봄꽃보다도 붉답니다. 세상일 걱정 없이 무척 한가로울 뿐이지요. 음력 9월 9일에는 사람들이 국화주를 마시거나 흥겹게 춤추는데 그 광경을 보는 것도 기가 막히답니다."

"마지막으로 겨울은 어떻소?"

"겨울에는 모든 산에 새들이 자취를 감춘답니다. 이럴 땐 흰 눈 덮인 풍경을 홀로 바라보는 것도 운치 있지요. 가끔씩은 당나귀를 타고 매화를 구경하기도 한답니다."

"그렇구려."

"사시사철 좋은 경치를 구경하는 건 참으로 멋지지요. 주인 없는 푸른 산 맑은 물을 내 집 삼고, 선선한 바람과 밝은 달을 벗 삼아 살아가니 마음이 편하고 즐거움만 가득하다오. 고향을 떠나면 곧 천해진다는 말도 있으니 아무리 수궁이 좋다 한들 어찌 가겠소?"

자라가 가만히 생각하니 토끼란 놈이 괘씸하기 짝이 없었다. 속 좁은 녀석 한번 칭찬해 주니까 거만함에 저리 덤벙댄다. 한 번쯤 탁 질러서 기를 꺾어 놔야겠다는 생각이 들었다.

"여보시오, 토 선생. 말씀 다 하셨소?"

"다 하였소."

"참으로 허풍도 심하구려. 귀가 시려서 못 듣겠소. 내가 물속에 산다고 산속 일을 모를 줄 아시오? 어찌 그리 과장하시오? 당신의 가련한 신세 낱낱이 말할 테니 한번 들어 보시겠소?"

"말씀해 보시오."

"겨울에 찬 바람 불고 이 산 저 산에 눈 쌓일 때 땅에는 풀이 없

고, 나무에도 열매 없어서 여러 날을
굶겠지요. 어두침침한 바위틈에서 주린
배를 부여잡고 홀로 웅크리고 있을 때 그
신세 오죽이나 처량할까. 그대가 무슨 정신으로
눈을 감상하고 매화를 찾아다니는지 모
르겠소."

　토끼 눈이 휘둥그레졌다. 자라는 계속
말을 이어 갔다.

　"봄이면 어떨까. 눈이 녹으면서 풀이 나고
꽃이 피면 주린 배를 채우려고 이 골짜기 저
골짜기를 돌아다니겠지. 그러나 토끼 잡는
그물이 여기저기 빈틈없이 쳐 있고,
용맹스런 무사들이 날랜 걸음으로 소
리치며 쫓아오니 짧은 꽁지 두 다리 사이에 끼고 코
에 단내 풀풀 내면서 하늘땅도 분간 못 하고 도망치겠
지. 그러다 천만뜻밖에 독수리가 하늘 높이 떠 있다가 날
아 내려와 앞에 서니 당신의 불쌍한 신세는 적벽 대
전 때 도망치다 화용도 좁은 길목에서 관우를 만난
조조와 같겠지.* 어느 틈에 무슨 정신으
로 바람을 쐬겠는가?"

토끼는 침을 꿀꺽 삼켰다. 자라는 쉴 틈을 주지 않고 계속 몰아쳤다.

"사오뉴월 여름 되면 당신 신세 어떻고? 날도 더운데 진드기와 왕개미가 온몸을 물어 대니 잡으려 해도 손이 없고 휘둘러 쫓고 싶어도 꽁지가 없지. 못 견뎌서 산 밑으로 내려오면 나무꾼이며 김매는 농부들이 호미 들고 작대 들고 이리저리 쫓아오니 호랑이 피하려다 이리 만난 저 모습 어떻다 하겠는가? 사람들이 그네 타고 목욕하는 모습을 구경한다고?"

토끼는 아무 말도 할 수 없었다. 자라는 아랑곳하지 않고 계속했다.

"칠팔구월 가을 되면 그럭저럭 살 만하겠지. 나무에는 열매가 열리고 물어 대던 벌레들도 없으니까. 하지만 좋기만 할까. 봉우리마다 사냥매를 데리고 온 인간들이 앉아 있겠지. 몽둥이 든 몰이꾼이 양옆에서 몰이하고 조총 든 명포수가 총구멍에 화약 박아 길목마다 앉았으니 급한 상황에서 당신은 하늘로 날아오를 터인가 땅으로 들어갈 것인가? 우리 수궁 같으면 태평스럽게 즐거움을 누릴 곳이라 모셔 가려 하였더니 화망살*이 본인 사주에 있는지 자꾸 못 가겠다고 하니 당신 신세 불쌍하오. 어쩔 수 없구려. 나는 사정이 바쁘니 그냥 가겠소."

그러더니 자라는 인사도 하지 않고 엉금엉금 가 버렸다.

---

* 적벽 대전은 중국 삼국 시대인 208년에 손권·유비의 소수 연합군이 조조의 대군을 적벽에서 크게 무찌른 싸움이다. 이때 유비와 의형제를 맺은 관우는 적벽 대전에서 조조의 군대를 크게 격파하였다.
* **화망살** 불에 죽을 운명.

●

자라가 달려들어 토끼의 뒷다리를 덥석 물어 잡아챘다.

토끼는 풍덩 빠져 바닷물을 뒤집어썼다.

그러거나 말거나 자라는 토끼를 등에 업고

바다 위에 둥둥 떠서 물결을 헤치며 끝없이 나아갔다.

●

그러게 왜 **여기**까지
따라왔소?

토끼는 점점 멀어져 가는 자라를 향해 황급히 내달렸다.

"아니, 잠깐만! 여보시오, 자라 양반! 성질이 어찌 그리 급하시오? 내 말 좀 들어 보시오."

"내 할 말은 다 했는데 뭣 때문에 부르시오? 산속에서 편히 사시구려."

그러고는 엉금엉금 다시 기어갔다. 토끼는 계속 자라를 쫓아오며 말했다.

"수궁에 들어가면 불에 죽을 운명을 피할 수 있습니까?"

"그거야 알기 쉬운 이치 아니겠소. 물이 불을 이기는 것도 모르시오?"

"다른 나라에서 왔다고 천대받지 않을까요?"

"어찌 그리 무식하오. 옛사람들 중에 자기 나라를 떠나 다른 나라에서 출세한 사람이 한두 명이오?"

마침내 토끼는 자라를 따라가기로 결심했다.

"알겠소. 내 그대를 따라 수궁으로 가겠소. 다만 산속 친구들에게 작별 인사라도 하고 갑시다."

"내 말 좀 들어 보시오. 자고로 큰일을 할 땐 많은 사람들에게 알리지 말라 하였소. 사람마다 생각이 다를 텐데 위험한 곳이니 가지 말라고 하는 이도 있을 테고, 그렇게 좋은 곳이면 함께 가자고 하는 이도 있을 테지요. 길가에 집을 지으면 오가는 사람이 저마다 참견하는 탓에 3년이 지나도 완성하지 못한다는 옛말을 모르시오?"

토끼는 난처한 표정을 지었다.

"그렇다면 아내한테라도 말하고 오겠소."

"어허, 그대는 대장부 아니오? 어찌 여자에게 그만한 일을 가지고 허락을 받으려 하는가? 그보단 수궁에 가서 부귀영화를 얻은 뒤에 가마를 보내 모셔 오면 더 좋지 않겠소?"

"그건 그렇지만……."

자라는 토끼를 놓칠세라 온갖 그럴듯한 이유를 대며 한 발 한 발 나아갔다. 그때 방정맞은 여우가 산모퉁이에서 후다닥 뛰어나와 물었다.

"토끼야 너 어디 가느냐?"

"벼슬하러 수궁 간다."

"얘야, 가지 마라."

"왜 가지 말라 하느냐?"

"물은 배를 띄우기도 하지만 배를 뒤엎기도 한단다. 물은 위험한 것이란다. 또 아침에 임금의 은혜를 받다가 저녁에는 죽임을 당하기도 한단다. 벼슬 역시 위태로운 것이란다. 다른 나라로 벼슬얻으러 갔다가 못되면 굶어 죽고 잘되면 비명횡사*한단다."

"어찌하여 비명횡사한단 말이냐?"

"옛날에 이사*라는 사람은 초나라 명필로 진나라에 가서 승상까지 했지만 결국 허리를 잘려 죽임을 당하지 않았더냐. 또 위나라의 오기*란 사람도 초나라에 가서 정승이 되었지만 결국엔 죽음을벗어나지 못했단다. 너도 수궁 가서 좋은 벼슬을 하면 반드시 죽을것이다. 토끼가 죽으니 여우가 슬퍼한다는 말도 있는데, 네가 잘못

---

* **비명횡사** 뜻밖의 사고를 당하여 제명대로 살지 못하고 죽음.
* **이사**(?~기원전 208년) 중국 진나라의 정치가. 진시황 때 우리나라 정승에 해당하는 벼슬을 하며통일 제국을 확립하는 데 기여했지만 진시황이 죽은 뒤 처형되었다.
* **오기**(?~기원전 381년) 위나라에서 벼슬한 뒤에 초나라에 가서 도왕의 재상이 되어 여러 개혁을추진하였다. 그러나 도왕이 죽은 뒤에 대신들에게 살해당했다.

되면 내 서러움 어떻겠니? 가지 마라, 가지 마."

토끼는 그만 마음이 흔들렸다.

"자라 양반, 미안하지만 당신 혼자 잘 가시오. 나는 가지 못하겠소. 이 아름다운 산과 흰 구름을 버리고 깊고 깊은 물속으로 가면 벼슬이야 하겠지요. 그런데 벼슬하면 제명대로 못 살고 죽는다니 어찌 갈 수 있겠소? 나의 좋은 친구 여우가 충고하는데 어찌 안 듣겠소."

자라는 확 짜증이 났다.

'다 되어 가는 일에 몹쓸 여우 놈이 방정을 부렸구나.'

자라는 여우와 토끼를 이간질하기로 했다.

"그렇구려. 좋은 친구 두었으니 둘이 가서 잘 사시오. 자기 복을 스스로 걷어차는 것도 팔자려니 난들 어찌 겠소?"

자라는 뒤도 돌아보지 않고 엉금엉금 내려갔
다. 그 말의 뜻이 궁금한 토끼는 옆으로 달려와
자세히 물었다.

"자기 복을 스스로 걷어찬다니 도대체 그게 무슨
말이오?"

자라가 대답했다.

"정다운 두 분 사이를 헐뜯는 것 같아 말하지 않겠소."

"그리 얘기하니까 더 궁금하다오. 어서 좀 이야기해 보시오."

"선생이 계속 물으시니 할 수 없구려. 내가 육지
에 나온 지가 벌써 여러 달이오. 하루는 여우가 내
게 찾아와 자기를 데려가 달라고

부탁했지요. 하지만 생김새가 방정맞고 마음도 아주 간교한 놈이어서, 안 된다고 거절했지요. 그런데 이놈이 당신을 수궁으로 데려간다는 걸 어떻게 알고 쫓아온 거요. 저놈이 저리 방해하는 걸 보니 선생을 떼어 보내고 자기가 따라올 속셈인가 보오."

토끼는 눈이 휘둥그레졌다.

"그게 정말이오?"

"얼마 안 가서 알 수 있는데 내가 거짓말을 하겠소?"

자라의 말을 믿은 토끼는 얼굴이 붉어지며 여우를 욕했다.

"저놈의 행실이 사사건건 저러하지. 자라 당신의 말이 맞소. 열 사람이 백 가지 말을 하더라도 나는 따라가겠소."

그렇게 둘은 해변에 도착했다. 지평선은 끝이 없고, 바다 멀리 수면은 하늘과 하나로 이어져 있었다. 토끼가 깜짝 놀라 물었다.

"저게 모두 물이오?"

"그렇지요."

"저 속에서 살았소?"

"그러하오."

"콧구멍에 물 들어가는데 숨을 쉴 수 있소?"

"그러기에 내 콧구멍은 조그맣게 뚫렸지요."

"내 코는 구멍이 크니 어찌하자는 말씀이오?"

"쑥잎 뜯어 막으시오."

"깊기는 얼마나 하오?"

"우리 발목 정도밖에 안 되오."

"그런 거짓말이 어디 있소. 내 보기에 한번 빠지면 한 달을 내려가도 땅에 발이 안 닿겠소."

"나 먼저 들어갈 테니 당신은 서서 보시오."

자라가 팔짝 뛰어 바닷속으로 들어갔다. 그러고는 둥실 떠서 허위허위 헤엄치며 말했다.

"자, 보시오. 어디가 깊어?"

토끼가 하하 웃었다.

"당신, 헤엄치는 거 아니오?"

"들어와 보면 알지."

토끼가 시험 삼아 땅에 앞발 딛고 물속에 다른 한 발 넣어 보려던 바로 그때였다. 자라가 달려들어 토끼의 뒷다리를 덥석 물어 잡아챘다. 토끼는 풍덩 빠져 바닷물을 뒤집어썼다. 그러거나 말거나 자라는 토끼를 등에 업고 바다 위에 둥둥 떠서 물결을 헤치며 끝없이 나아갔다.

물에 흠뻑 젖은 채 자라 등에 업힌 토끼는 참으로 난감했다. 내리고 싶어도 내릴 수 없는 데다, 자라의 딱딱한 등 때문에 사타구니가 아파 왔기 때문이다.

"여보시오, 주부 나리. 여기 어디 주막 있소?"

"무엇하게?"

"송곳이나 끌 같은 연장 하나 얻으려 합니다. 나리 등에 말뚝 박아 손잡이로 만들려고요."

자라는 시큰둥하게 대답했다.

"오래 타면 요령이 생기겠지."

토끼는 처음 배에 탄 사람처럼 속이 메슥거렸다. 멀미가 심해 똥물을 다 토하는데 그 모습을 보던 자라가 능청맞게 놀렸다.

"잘하고 있구려. 용궁에 가면 신선들이 쓰는 좋은 약을 밤낮으로 먹을 테니 산에서 먹은 열매 따위는 다 게워 내구려."

"약은 고사하고 용궁에 가기도 전에 죽겠소."

자라는 계속 토끼를 놀렸다.

"정 그러면 여기 내려 줄 테니 알아서 돌아가시든가."

토끼는 자라가 얄미웠지만 뭐라 할 수 없었다.

이윽고 물속 나라의 경치가 펼쳐졌다. 토끼는 눈이 휘둥그레져서 물었다.

"저기 저것은 무엇이오? 잠시 들러서 구경이나 하다 갑시다."

그러나 자라는 들은 체도 하지 않았다. 토끼의 간을 구하기 위해 육지에 나왔다가 이제야 고국으로 돌아가게 되었는데 한가롭게 구경이나 시켜 줄 여유가 없었다. 자라는 적당히 대꾸했다.

"수궁에서 벼슬하면 남해 바다 팔천 리를 아침저녁으로 구경할 테니, 지체 말고 어서 갑시다."

둘은 어느새 용궁에 도착했다. 수정문 앞에 이르자 문지기들은 자라를 보고 반갑게 절을 올렸다.

"평안히 다녀오셨습니까?"

"토끼는 잘 잡아 오셨습니까?"

자라는 자랑스럽게 대답했다.

"오냐. 내 뒤에 있는 게 토끼이다. 착실히 맡아 두어라."

그러고는 궁 안으로 들어갔다. 영문을 모르는 토끼는 문지기들에게 물었다.

"당신들은 수궁에서 무슨 벼슬을 하고 있소?"

"저희야 문 지키는 군사이지요."

"아까 자라에게 '토끼는 잘 잡아 오셨습니까?'라고 했는데 그게 무슨 말이오?"

"우리 대왕님이 병세가 위중하신데 토끼 간을 잡수셔야 나을 수 있다고 신선이 말씀하셨다오. 그래서 별주부를 보내 잡아 오라 하셨지요. 나는 당신 속을 모르겠소. 죽는 게 뭐가 좋다고 고향을 버리고 여기까지 따라왔소?"

그 말을 들은 토끼는 다리가 후들거렸다. 눈앞이 캄캄해지면서 식은땀이 절로 났다.

'아, 이럴 수가……. 별수 없이 죽겠구나.'

문지기의 말대로라면 어쩔 도리가 없었다. 토끼는 두 눈을 깜박거리며 앞일을 생각하였다.

●

"간 나오는 그 구멍이 분명히 있다는 말이냐?"

"제 엉덩이에는 구멍이 세 개 있습니다.

똥 누고 오줌 누고 간 누고 하지요."

●

간 없이 왔으니 참으로 원통하오

대궐 안에서 큰 호령 소리가 들렸다.

"모든 대신들은 대왕님 앞으로 납시라는 분부요!"

이에 바다 세계 모든 신하가 앞다투어 궁으로 들어왔다. 몸집이 큰 고래와 곤어는 좌우로 나눠 섰고, 그 밖의 무수히 많은 고기들도 자리를 잡았다. 창과 방패를 든 군사들은 토끼를 가운데로 데려다 놓았다. 토끼가 수정궁 넓은 뜰에 앉은 조그마한 자신을 돌아보니, 넓은 바닷속 좁쌀 한 알이 된 것처럼 초라하게 느껴졌다.

용왕은 큰 소리로 말했다.

"나는 옥황상제의 명을 받아 남해를 지키는 용왕이다. 인간에게 비를 내리고 물속 생명들을 다스리며 은혜를 널리 베풀었다. 그러다 우연히 병이 들었는데 토끼의 간 외에는 다른 약이 없다고 한다. 그래서 충성스런 별주부가 너를 잡아 바친 것이다. 네 간을 먹고 나의 병이 나으면 내 어찌 너의 공을 잊겠느냐. 너의 이름을 새겨 그 은혜를 자손만대에 전할 것이다. 그러니 조금도 서러워하지 말고 배를 내밀어 칼을 받아라."

용왕의 말에 토끼는 아무런 대답도 하지 않았다. 다만 고개를 번쩍 들더니 눈물만 뚝뚝 흘릴 뿐이었다. 그 모습을 본 용왕은 죄 없는 저것이 자기 때문에 죽는 것 같아 조금은 불쌍한 마음이 들었다. 한편으로는 좋은 말로 타일러 토끼의 마음이나마 풀어 주려고 말을 걸었다.

"죽는 게 서러워서 눈물을 흘리느냐?"

토끼가 아뢰었다.

"죽는 게 서러워서가 아니라 죽어 봐야 소용이 없기에 우는 것입니다."

용왕의 표정에 의심하는 빛이 서렸다.

"그것이 무슨 말이냐?"

"말씀드리겠습니다. 저같이 보잘것없는 목숨은 인간 세상에 수도 없이 많습니다. 독수리 밥이 될지 사냥개 반찬이 될지 알 수 없지요. 그도 아니면 그물에 걸려 죽든지 총에 맞아 죽든지 하겠지요. 그런 데에서 죽으면 세상에 나왔던 걸 누가 알아주겠습니까? 어차피 그렇게 이름 없이 죽어 가는 인생이지요. 하지만 배 속의 간을 꺼내 대왕님을 치료하면 아름다운 이름이 오랫동안 기억될 테지요. 게다가 대왕님께서 그 행실을 자손만대에 전해 주신다니 더욱 몸 둘 바를 모르겠습니다. 다만 이 방정맞은 것이 간 없이 왔으니, 그것이 원통할 뿐입니다."

용왕은 크게 웃었다.

"참으로 미련한 것이로구나. 거짓말을 해도 그럴듯하게 해야지, 그런 얼토당토않은 말을 누가 믿겠느냐? 네 몸이 여기 와 있는데 간이 어찌 못 왔느냐?"

토끼는 하늘을 보고 한참을 크게 웃었다. 용왕이 날카로운 목소리로 물었다.

"간사한 마음이 드러나니 할 말이 없어 웃는구나?"

토끼가 아뢰었다.

"죄송합니다요. 대왕같이 높으신 분의 무식함을 보니 웃음이 나와 참을 수가 없었습니다. 대왕님께서는 하늘에 오르고 땅에 들어가고 구름을 일으키고 비를 내리시기에 세상 모든 이치를 다 아실 줄 알았습니다. 하나 제 간의 출입은 나무 베는 소년과 양을 치는 아이도 다 아는데 대왕 혼자 모르다니 어찌 그리 무식하십니까?

제 말씀 들어 보십시오. 하늘의 차고 이지러지는 이치를 달이

맡아서 하는데, 보름 이전에는 점점 차오르다가 보름 이후에는 줄어든답니다. 또한 육지에는 나아가고 물러서는 이치를 조수*가 맡아서 하는데, 사리*에는 물이 많고 조금*에는 물이 적사옵니다. 세 배 속의 간이 달빛 같고 조수 같아, 보름 전에는 배 속에 두고 보름 뒤에는 밖에 둡니다. 그 기운이 나아가고 물러나며 차고 이지러지기를 반복하지요. 그래서 우리 간이 명약이 되는 것입니다.

만일 다른 짐승같이 간이 배 속에만 줄곧 있으면 그 많고 많은 짐승 중에 왜 저의 간이 좋다고 하겠습니까? 이번 달 15일에 산속 짐승들 모임이 있기에 제 간을 꺼내 파초잎에 고이 싸서 산꼭대기 소나무에 높이 매달아 놓고 모임에 갔었지요. 그런데 거기서 별주부를 만나 그대로 따라오게 된 것입니다. 다음 달 초하룻날 배 속에 넣을 간을 어찌 가져올 수 있었겠습니까?"

용왕이 들어 보니 이치가 그럴듯했다. 이럴 줄 알았다면 약을 알려 준 신선에게 물어나 보았을 텐데 후회가 되었다. 용왕은 토끼에게 물었다.

"배 속에 있는 간을 어떻게 꺼내고 넣는단 말이냐?"

* **조수** 달, 태양 따위의 서로 끌어당기는 힘에 의하여 높아졌다 낮아졌다 하는 바닷물.
* **사리** 음력 보름과 그믐 무렵에 밀물이 가장 높은 때.
* **조금** 음력 7~8일과 22~23일 무렵에 바닷물이 가장 낮은 때.

"어렵지 않습니다. 제 밑구멍에는 간 나오는 구멍이 있습니다. 배에다 힘만 주면 그 구멍으로 간이 나오고, 입으로 삼키면 도로 들어가지요."

"간 나오는 그 구멍이 분명히 있다는 말이냐?"

"제 엉덩이에는 구멍이 세 개 있습니다. 똥 누고 오줌 누고 간 누고 하지요."

용왕이 병사를 시켜 토끼의 밑구멍을 살피게 하니 분명 구멍이 세 개 있었다. 용왕이 물었다.

"너의 간이 아니면 내 병을 못 고칠 텐데, 네 배에 간이 없으니 어찌하면 좋겠느냐?"

"제가 나가면 제 간뿐만 아니라 함께 걸린 다른 간을 많이 가져 올 수 있습니다. 하지만 대왕께서 못 믿으시겠다면 간을 보내 달라 고 편지를 쓸 테니, 저를 가두시고 별주부를 보내 제 아내에게 편 지를 전해 주십시오."

자라는 옆에서 이야기를 들으며 기가 막힐 지경이었다. 저 토 끼 놈을 이곳에 데려오려고 수많은 고생을 했다. 그런데 토끼를 보 낸다고? 토끼 대신 내가 간다 치자. 그런다 한들 저놈의 아내는 얼 굴도 모르는데 어디서 만나며, 설령 만난다 해도 그 사이에 개가 해 다른 남편을 맞았으면 전남편이 죽고 사는 걸 생각할 리 있겠는 가? 배 속에 간이 없다는 말은 아무리 생각해도 거짓말이다. 자라가 용왕에게 여쭈었다.

　"토끼 간이 출입한다는 말은 역사책에도 없고 이치에도 맞지 않습니다. 배를 갈라 간이 없으면 제가 인간 세상에 다시 나가 보름이 되기 전에 토끼를 잡아 오겠습니다. 그러니 우선 저놈의 배를 갈라 보소서."

●

"자라야, 처음부터 이런 상황을
토 선생에게 제대로 말씀드리지 않은 네놈이 미련하다.
아무튼 지난 일은 더 이상 논하지 말고
어서 토 선생을 부축해 내 곁으로 모셔라."

●

토끼 말이
이치에 맞도다

　토끼는 식은땀이 뻘뻘 났다. 용왕이 자라의 말을 듣는다면 자기는 곧 죽은 목숨이다. 토끼가 소리쳤다.

　"네 이놈 자라야! 네놈이 지은 죄를 다 일러바칠까 하다가 그래도 이곳까지 고생해 오면서 생긴 정이 있어서 아무 말 안 하려 했다. 그런데 이제 도저히 두고 볼 수 없구나. 처음에 나를 만났을 때는 마침 보름날이라 우리 식구 수백 명이 함께 간을 빼내는 날이었다. 네가 이런 사정을 말해 주었다면 그 간 중에서도 오래 묵어 가장 약효가 좋은 것을 골라 대왕님께 바칠 수 있지 않았겠느냐? 그런데도 네놈은 음흉한 속셈으로 벼슬하러 용궁에 가자고 속일 꾀만 내었으니 그것이 첫 번째 잘못이다. 또 대왕님의 병이 이렇게 심각한데도 너는 나가서 간을 가져다 병 고칠 생각은 하지 않고 그저 저 살겠다고 나 죽일 생각만 하는구나. 이것이 너의 두 번째 잘못이다."

느닷없는 토끼의 호통에 자라는 어이가 없었다. 토끼는 기세를 더욱 몰아쳤다.

"네놈 모습을 좀 보아라. 눈은 가늘고 다리는 짧은 데다 목은 길고 입은 뾰족하다. 널 보니 근심과 재앙은 늘 곁에 있지만, 평안과 즐거움은 결코 함께할 수 없는 관상이다. 나를 죽였는데 간이 없으면 어떤 토끼를 다시 찾겠느냐? 내가 수궁에서 벼슬하자고 너 따라간 걸 산속 모든 짐승들이 이미 알고 있을 것이다. 그런데 너 혼자 또 나가면 산속 짐승들이 뭐라고 하겠느냐? '토끼는 어디 두고 또 누굴 속이러 왔느냐?' 하고 묻지 않겠느냐? 토끼 잡기는 고사하고 너부터 죽을 것이다.

너 죽는 건 그렇다 쳐도 대왕님의 병은 어찌할 것이냐? 앞뒤 생각 못 하고 억지만 부리니 그러고도 네가 충신이냐? 충신 좋아하네, 나라 망칠 망신이지! 내가 죽는 것은 조금도 두렵지 않다. 독수리나 사냥개의 밥이 되느니 차라리 여기서 죽는 것이 낫다. 용왕님 앞에서 용무늬가 새겨진 보검으로 배를 갈리면 그만한 영광 어디 있겠느냐? 오냐, 어서 내 배를 갈라라. 얼른 갈라 보라고!"

토끼는 기세등등하여 왈칵 배를 내밀었다. 자라는 할 말이 없어

눈만 껌벅였다. 용왕은 토끼의 말에 더 믿음이 갔다. 용왕이 주위 신하들을 돌아보며 말했다.

"이 일을 어찌할꼬?"

형부 상서 준어가 여쭈었다.

"두 가지 이상의 죄가 한 번에 드러났을 때는 그중에 가벼운 것으로 처벌하는 게 은혜를 베푸는 길입니다. 저 토끼의 배 속에 간이 없는지는 아무래도 의심스럽지만 섣불리 배를 갈랐다가 간이 없다면 죄인을 신중히 다루지 못하는 게 됩니다. 그러니 배를 가르지 마시옵소서."

병부 상서 숭어도 한마디 덧붙였다.

"좋은 미끼를 쓰면 반드시 고기가 문다는 말이 있습니다. 이왕에 토끼를 죽이지 않을 바에는 토끼의 마음을 달래어 감동하게 하옵소서."

용왕은 고개를 끄덕였다. 그러고는 부드러운 표정으로 토끼를 치켜세우고, 다른 한편으로는 자라를 꾸짖었다.

"토 선생께서 이치에 맞는 말씀만 하시는구려. 자라야, 처음부터 이런 상황을 토 선생에게 제대로 말씀드리지 않은 네놈이 미련하다. 사정을 솔직하게 터놓았다면 모두가 좋았을 것 아니냐? 아무튼 지난 일은 더 이상 논하지 말고 어서 토 선생을 부축해 내 곁으로 모셔라."

명이 떨어지자 용왕의 좌우에 있던 시녀들이 내려와 토끼를 양 옆으로 부축하였다. 토끼는 품위 있어 보이려고 앞발은 치켜들고, 뒷발은 종종걸음 치며 올라섰다.

어느새 용왕 옆에는 멋진 자리가 마련되어 있었다. 토끼가 네발을 모으고 그곳에 앉자, 용왕은 격식을 차리고 인사를 건넸다.

"육지와 바다 세상이 서로 다르지만 토 선생의 명성은 이곳에도 두루 알려져 있소이다. 진작 찾아뵙고 인사드렸어야 하는데, 도리어 이 먼 곳까지 찾아오시게 해서 참으로 미안하오."

토끼는 짐짓 점잔을 빼며 대답했다.

"명성이랄 게 뭐 있겠습니까. 그런데 어떤 신선이 내 이름을 말했는지 참으로 뜻밖이군요."

"아까는 우리가 아무것도 모르고 한 일이니 마음에 담아 두지 마시오."

"하마터면 죽을 목숨을 대왕 덕분에 살았으니 무슨 유감이 있겠습니까?"

"토끼의 간이 그렇게 좋아서 죽는 사람도 살린다니, 육지 사람들 중 선생의 간을 먹고 효험을 본 자도 있겠소이다."

"엄청나게 많지요. 인간 세상에서 제일 어려운 게 신선 되는 공부인데, 이때 토끼 간을 씻은 물을 마시지 못하면 성공할 수 없지요. 그렇기에 안기생*이나 적송자* 같은 유명한 신선들도 우리 조상님의 간 씻은 물을 얻어먹고 성공해서 영원히 죽지 않고 지금까지 산답니다. 그 고마움을 잊지 못해 해마다 설날이 되면 좋은 과일들을 골라 조상님들의 제사를 지내 주지요."

토끼는 용왕의 질문에 막힘없이 대답했다.

"아니, 그렇다면 선생께선 왜 신선 노릇을 하지 않고, 산속에 묻혀 살면서 독수리와 사냥꾼의 밥이 되십니까?"

"그것도 이유가 있지요. 토끼 간이 좋은 것은 모두 나무 열매에 달려 있습니다. 나무 열매를 먹지 않으면 약 기운이 들지 않지요. 그래서 싫더라도 인간 세상에 살 수밖에 없답니다. 하지만 나무 열매를 백 년 동안 먹으면 신선이 되어 하늘 나라로 올라가지요."

"그럼 선생께선 인간 세상에서 나무 열매를 몇 해나 잡수셨습니까?"

"백 년 넘게 먹었지요. 하나 하늘 나라에 신선 자리 남은 게 없어서 아직 하늘에 오르지 못하였습니다."

"그러하면 선생의 간에는 좋은 약이 흠뻑 들어 있겠군요."

"두말하면 잔소리지요. 간을 빼는 날에는 산 전체가 약 향기로 진동한답니다."

* **안기생** 중국 진나라 때 신선.
* **적송자** 중국 고대 전설에 나오는 신선.

"그렇군요. 선생께서 나가셔서 간을 가져오는 데 며칠이나 걸립니까?"

"수로 팔천 리쯤 되니 별주부가 나를 업고 밤낮으로 가면 나흘 정도 걸리겠지요. 육로로도 이만 리쯤 가야 하는데, 내가 별주부를 업고 밤낮으로 달리면 사흘이면 될 것입니다. 넉넉히 잡아서 보름이면 되겠지요."

그 말에 용왕은 기분이 좋아져서, 토끼를 위한 큰 잔치를 베풀었다. 구름안개로 병풍을 둘러치고 수정으로 만든 발을 높이 드리운 뒤 예부 상서 문어에게 연회를 열도록 했다.

"어서 풍악을 울리고 술과 안주를 대령하라!"

곧 현란한 광경이 펼쳐졌다. 아름다운 선녀 스무 명이 나와서 향내 나는 소매를 나풀거리며 춤을 추고 노래를 불렀다. 비파 타는 소리, 북 치는 소리가 흥겹게 들리고, 옥쟁반과 보석 술잔에는 값진 음식이 끊임없이 담겨 나왔다.

흥에 겨운 토끼는 술을 많이 마셔서 크게 취했다. 토끼는 선녀들에게 엉큼하게 말을 걸었다.

"수궁 식구들이 몰라서 그렇지, 내 간은 말할 것도 없고 나와 입만 맞추어도 몇 백 년은 살 수 있단다."

그러자 선녀들이 앞다퉈 달려와 토끼에게 입을 맞췄다.

이렇게 온갖 장난을 치며 즐거운 시간을 보낸 뒤에야 잔치가 끝

났다. 토끼가 작별 인사를 하자 용왕이 말했다.

"토 선생께서 나의 병만 낫게 해 주신다면 천금을 드리고 평생토록 부귀영화를 누리게 해 드리겠소. 그러니 수고스럽지만 어서 나아가 간을 가져다주길 바라오."

'한 번 속은 것도 원통한데 두 번 속겠느냐?'

토끼는 용왕에게 대답했다.

"대왕은 염려하지 마옵소서. 저를 위해 이토록 큰 연회를 열어 주신 은혜를 갚고자 합니다. 곧바로 별주부와 간을 가지러 가겠습니다."

용왕은 크게 기뻐하며 별주부에게 명을 내렸다.

"너는 선생을 모시고 어서 육지로 나가 속히 간을 가져오도록 해라."

용왕은 이들이 가는 데 불편함이 없도록 각처에 공문을 보냈다.

●

"교활한 토끼에게 속고

무슨 면목으로 돌아가 용왕을 뵙겠는가?

차라리 죽는 것이 낫다."

●

너 살리자고
나 죽으랴

    토끼는 별주부 등에 타고 물 밖으로 향하면서 생각했다.

    '내가 자라에게 속아 죽을 뻔한 것은 생각이 없어서였다. 하나 다행히 저 용왕도 생각이 없어서 겨우 내가 살게 되었다. 세상에 어떤 짐승이 간을 내었다 넣었다 하겠는가? 아무튼 자라를 잘 달래서 빨리 나가야겠구나.'

    그러고는 자라에게 말했다.

    "자네가 내게 용왕의 병을 미리 이야기해서 간을 가져왔더라면 헛걸음하는 일도 없고 용왕의 병도 진작 나았을 것이네. 자네가 미련하기 짝이 없어서 헛수고하게 된 셈이지. 아무튼 그래도 내가 간을 가져다가 상을 타면 자네와 같이 나누겠네."

자라는 간이 밖에 있다는 게 사실이 아님을 알면서도 대답했다.

"용왕님의 병을 위해 그대를 억지로 이끌고 온 것인데 어찌 간을 넣었다 빼었다 할 줄 알았겠는가. 진실로 그렇다면 모두 다 좋았겠지만 이미 지난 일이니 마음에 두지 말게. 또 한 번의 수고를 어찌 아끼겠는가?"

이렇게 말하고는 묵묵히 육지로 나아갈 뿐이었다.

어느덧 둘은 물가에 도착했다. 토끼는 땅을 밟으며 전율을 느꼈다. 그제야 진짜로 살아난 듯 엎어지고 자빠지며 기쁨을 감출 수 없었다. 토끼는 자라에게 기다리라고 말하고 서둘러 자기 집으로 향했다. 그런데 들뜬 마음에 그만 그물에 걸리고 말았다. 토끼는 온몸에 칭칭 감긴 줄을 도저히 풀 수 없었다. 겨우 살아 돌아왔다가 여기서 죽는구나 하며 슬퍼하는데, 마침 쉬파리가 눈가에 앉았다. 토끼는 별안간 좋은 생각이 떠올랐다.

'쉬파리가 나한테 쉬를 많이 싸게 하면 그물 친 사람이 나를 썩었다고 생각하겠지? 그러면 살아날 수 있으리라.'

토끼는 파리를 꾸짖으며 말했다.

"너는 참으로 소인이구나! 네 동족 놈들의 씨를 말려 버리겠다."

파리들은 화가 치밀었다.

"곧 죽을 놈이 오히려 우리를 위협하는구나. 이런 몹쓸 놈은 편히 죽지 못하게 해야 한다. 모두 가서 저놈에게 오줌을 누자."

그러고는 일시에 모여들어 토끼에게 오줌을 누어 대니, 토끼 몸에서 온통 지린내가 났다. 마침 저 멀리서 그물 친 사람이 왔다. 토끼가 죽은 체하고 있으니, 그는 그물에 걸린 토끼가 이미 썩었다고 생각해 멀리 던져 버렸다.

토끼는 겨우겨우 집에 도착했다. 암토끼는 토끼를 보자마자 눈물을 흘렸다.

"이 지경을 당하고도 다행히 살아오셨군요."

토끼가 지금까지 있었던 일을 다 털어놓자 암토끼는 자라가 있는 곳으로 달려가 외쳤다.

"이 끔찍하고 무서운 놈아! 전생에 무슨 원수를 졌기에 백년해로할 남의 남편을 유인해 간을 내놓으라 하느냐. 우리 남편 꾀가 없었으면 벌써 죽었겠구나. 네 심술이 그러하니 가다가 긴 목이나 뚝 부러져 죽어라. 대가리가 터져 죽을 놈아. 저 살려고 남을 죽이느냐. 이놈들아, 몹쓸 놈들아. 고이 죽지 못하리라."

자라는 화가 나서 항변했다.

"요년아, 그만 멈추고 내 말을 들어 보아라. 계집이 아무리 요사한들 그토록 내게 매섭게 구느냐? 참으로 발칙하구나."

이때 토끼가 다가와 자라에게 말했다.

"날 업고 먼 바닷길을 왕래한 건 수고했지만, 네게 줄 건 아무 것도 없다. 병든 용왕 살리자고 성한 토끼 나 죽으랴. 썩 가거라."

"너희는 우리 용궁 욕만 하고 나에게 그냥 빈손으로 돌아가라는 것이냐?"

토끼는 비웃으며 말했다.

"참으로 미련하구나. 우리 친척과 친구들이 알면 네 등딱지를 분질러 두 동강을 낼 것이다. 그러니 어서 바다로 가 버려라."

그러더니 암토끼의 손을 잡고 숲속으로 들어가 버렸다. 자라는 긴 탄식만 내쉴 뿐이었다.

"교활한 토끼에게 속고 무슨 면목으로 돌아가 용왕을 뵙겠는 가? 차라리 죽는 것이 낫다."

자라는 그길로 바위 위에다 글을 써 붙이고 머리를 부딪쳐 스스 로 목숨을 끊었다.

용왕은 자라에게서 소식이 없자 이상하게 여기고, 거북을 보내 그간의 사정을 알아 오게 했다.

거북이 물가에 이르러 살펴보니, 바위 위에 글이 붙어 있고 그 곁에 자라의 시체가 있었다. 거북은 통곡하며 글을 가지고 돌아와 용왕에게 사실을 아뢰었다. 용왕은 자라를 불쌍히 여겨 비단을 내리고 시신을 수습하도록 했다.

이때 수궁 신하들이 몰려와 용왕에게 아뢰었다.

"산중의 조그만 토끼가 우리 신하를 죽였을 뿐더러, 용궁을 치욕스럽게 만들었습니다. 그러니 산신령에게 청하여 토끼를 잡아 보내게 하시고, 엄한 형벌로 박살 내도록 하시옵소서."

"산신령으로는 토끼를 잡지 못할 듯하옵니다. 수궁의 정예 부대를 보내 토끼가 있는 산을 둘러싸고 잡는 것이 좋을 듯합니다. 혹은 큰비를 내려 토끼가 있는 산을 무너뜨려 그 족속을 모두 없애 버리는 게 마땅할까 합니다."

묵묵히 앉아 신하들의 말을 듣던 용왕이 말했다.

"그대들의 말은 불가하다. 자고로 '인명재천(人命在天)*'이라는 말도 있지 않더냐. 과인은 신선의 말을 듣고 행동했다가 토끼에게 업신여김을 당했도다. 또한 조그만 화를 참지 못해 또 다른 일을 벌이면 이는 잘못을 한 번 더 하는 것과도 같다. 과인이 하늘의 뜻을 모르고 조그만 토끼를 원했는데 이 어찌 어리석음이 아니겠느냐. 그대들은 다시 말을 말라."

용왕은 말을 마치고 긴 탄식을 내뱉었다. 그러고는 태자와 좌우 정승을 불러 자신의 유언을 받들게 하고 세상을 떴다. 이때 용왕의

---

* **인명재천** 사람의 수명은 하늘에 달려 있음.

나이는 1,800살이요, 재위 기간은 1,200년이었다.

태자가 머리를 풀고 우니, 모든 신하들도 따라 울었고 수궁 세계는 통곡하는 소리로 물 끓는 듯했다. 장례식을 마치고 태자가 왕위에 오르니 이웃 나라 용왕들이 찾아와 위문하였는데 이 모습이 참으로 성대하였다.

토끼전

물음표로
따라가는
인문학 교실

고전으로 인문학 하기

고전을 읽으며 생겨나는 여러 질문에 답하며,
배경지식을 얻고 인문학적 감수성을 키워요.

고전으로 토론하기

고전을 다양한 시각으로 바라보며,
다르게 생각하는 힘을 길러요.

고전과 함께 읽기

함께 소개하는 다양한 작품을 통해,
인문학적 사고의 폭을 넓혀요.

고전으로 인문학 하기

● 왜 이름이 여러 개일까?

사람의 이름이 열 개라면 어떨까요? 외우기도 힘들고 헷갈리겠
지요. 그런데 《토끼전》은 이름이 아주 많답니다. 《토끼전》, 《별주
부전》, 《토별전》, 《수궁가》, 《토생전》……. 너무 많아 다 외우기 쉽
지 않지요. 왜 그럴까요? 《토끼전》이 만들어진 과정을 살펴보면 그
이유를 짐작할 수 있어요.

《토끼전》의 바탕이 되는 이야기는 고려의 김부식(1075~1151년)
이 쓴 《삼국사기》의 구토 설화에서 찾을 수 있어요. 줄거리를 살짝
이야기해 줄게요.

신라 선덕 여왕 11년(642년), 김춘추는 백제군을 무찌르기 위한 구원병을 요청하기 위해서 고구려로 향했다. 그러나 그곳에서 첩자로 오해받아 감옥에 갇힌다. 이때 고구려의 신하가 찾아와서 토끼와 거북이 설화를 들려주었다.

설화의 내용은 이렇다. 옛날에 동해 용왕의 딸이 병에 들자, 의원은 토끼의 간이 명약이라고 귀띔하였다. 곧 신하인 거북이 이를 찾기 위해 육지로 나섰다. 거북은 토끼를 거짓말로 꾀어서 바다로 데려오려고 했지만, 모든 사실을 알게 된 토끼 역시 '내 간과 심장을 바깥에 널어 두었다'고 거북에게 거짓말을 한다. 거북은 토끼에게 속았고, 육지에 도착한 토끼가 거북을 조롱했다.

구토 설화는 나중에 판소리로도 불리게 되었어요. 판소리는 원래 열두 마당으로 되어 있는데요, 여기 〈수궁가〉가 있답니다.* 〈수궁가〉는 말 그대로 '용궁에서 벌어진 일에 대한 노래(歌)'를 뜻하지요. 〈수궁가〉가 큰 인기를 끌면서 글로 남겨지게 되었는데, 이것이 '판소리계 소설'이랍니다.

자, 이제 소설의 제목을 정해야겠지요?
판소리에 가까운 작품은 《수궁가》,

---

* 판소리 열두 마당 중에서 지금은 〈춘향가〉, 〈심청가〉, 〈흥부가〉, 〈수궁가〉, 〈적벽가〉 다섯 마당만이 전해진다.

《별토가》처럼 '노래 가(歌)'가 이름에 붙었고요, 소설화된 작품에는 《별주부전》, 《토생전》처럼 '전(傳)'이 이름에 붙었어요. 그런가 하면 근대적 사회로 바뀌어 가던 개화기에는 신소설로 쓰이기도 하는데요, 이때는 《토의간》, 《불로초》라는 이름도 얻었지요.

　먼 옛날부터 지금까지, 《토끼전》의 역사가 정말 길지요? 《토끼전》의 이름이 유독 많은 이유는 오랜 시간 동안 매우 많이 사랑받은 이야기이기 때문이라고 할 수 있지요.

● 왜 이본이 많을까?

　《토끼전》은 이본(異本)이 많아요. 이본이 무엇이냐고요? 어떤 노래는 원곡이 있어도 다른 가수가 부른 새로운 버전의 곡이 계속해서 나오지요. 이본 역시 이와 비슷한 개념이에요. 원작과 비슷한 버전의 책이 계속해서 쓰이는 거예요.

　18세기 이전에 사람들은 소설을 일일이 손으로 옮겨 적어서 세상에 내놓았습니다. 그런데 이때 옮기는 이가 불필요하다고 생각하는 부분은 줄이거나 삭제하고, 중요하다고 생각하는 부분은 더 늘이기도 했어요. 그러다 보니 조금씩 차이가 생겼지요. 목판 인쇄나 활자 인쇄가 가능해졌을 때에도 작업자에 따라 내용이 조금씩 바뀌는 것은 마찬가지였어요.

《토끼전》은 120여 종의 이본이 있답니다. 이 중 우리가 주목할 것은 《별토가》와 《토생전》입니다. 각각 가람본과 경판본이라고도 하는데, 두 작품을 보면 내용의 차이가 뚜렷하게 드러나지요.

그러면 《별토가》와 《토생전》은 어떻게 다를까요? 먼저 《별토가》에는 용왕이 병든 이유가 자세히 나옵니다. 용왕은 큰 잔치를 열어 3일 동안이나 술을 마시고 여색에 빠져 흥청망청 놀다가 병을 얻지요. 《토생전》에서 '우연히' 병을 얻었다며 얼렁뚱땅 넘어가는 것과는 다릅니다. 게다가 《별토가》에는 용왕의 병명이 죽 나열되어 있어요. 안질(눈병), 다래끼, 설사, 이질, 치질, 부종, 전신불수, 염병 등 세상의 병이란 병은 다 앓았답니다. 《토생전》의 위엄 있는 왕 대신 비참한 환자만 있을 뿐이지요.

그런가 하면 《별토가》의 용왕은 생긴 것도 우스꽝스러워요. '손가락이 다리 같고 정강이가 허리 같고 눈은 꿈벅꿈벅 코는 벌렁벌렁 붕알은 달랑달랑하는' 용왕이 자신의 병을 고칠 방법을 찾으려고 회의를 열어요. 하지만 신하들은 자기만 살겠다고 서로 싸우지

요. 화가 난 용왕은 신하들에게 '너흰 세상에 나가면 밥반찬거리와 술안주거리'라며 소리 지르고는 엉엉 울었어요.

용왕 꼴이 말이 아니지요? 왜 《별토가》의 용왕은 이렇듯 우스꽝스럽게 표현되었을까요? 여기서 우리는 문학이 현실 세계를 반영한다는 사실을 알아야 해요. 수궁의 통치자인 용왕은 그 시대의 통치자, 즉 임금의 모습과 겹쳐져요. 토끼는 죄 없이 지배층에게 당하는 민중을 닮았고요. 소설을 살펴보면 백성들이 당시 지배 계층과 통치자를 어떻게 바라보는지 알 수 있지요.

《토끼전》이 창작된 시기로 추정되는 17~18세기는 무척이나 혼란스러웠습니다. 백성을 돌보아야 할 지배층이 자신의 이익을 챙기느라 정신이 없었지요. 백성들은 관리들의 수탈을 견디다 못해 홍경래의 난(1811년), 임술민란(1862년), 동학 농민 운동(1894년)을 일으킵니다. 그때 사람들은 《토끼전》을 읽고 무슨 생각을 했을까요? 남이 죽든 말든 간을 구해야겠다는 용왕을 보며 힘없는 약자들을 짓밟는 지배층들을 떠올리지 않았을까요? 《별토가》는 토끼의 편에 서서 용왕을 비판하고 자라를 조롱해요. 용왕을 더욱 우스꽝스럽고 뻔뻔하게 그렸다는 건, 사람들이 당시 지배층을 그만큼 부정적으로 바라보았다는 말과 같지요.

그런데 《토생전》의 용왕은 조금 다릅니다. 용왕은 끝까지 위엄과 권위를 잃지 않고, 잘못을 뉘우치며 의연하게 죽음을 맞이해요.

자라 역시 시종일관 충신으로 그려지지요. 여기엔 지배층을 무작정 깎아내리지 않고, 체제를 유지하려는 작가의 의도가 숨어 있답니다. 이렇듯 작가가 어떤 관점으로 사회를 바라보고 작품을 썼느냐에 따라 내용이 달라지지요.

참고로 중학교 교과서에 실린 《토끼전》은 《토생전》을 바탕으로 해요. 학교 수업을 위해 어느 정도 교육적인 면을 고려했지요. 다만 학습 활동에서는 《별토가》의 일부를 제시하며 다양한 시각에서 생각해 볼 수 있도록 했답니다. (우리 책은 경판본 《토생전》과 완판본 《토별가》를 기본으로 하고 있어요.)

한 걸 음 더

《별토가》에는 《토생전》에 없는 몇 가지 에피소드가 수록되어 있는데, 그중 하나가 '암자라 동침' 이야기입니다.

토끼가 육지에 간을 놓고 왔다며 용왕을 속인 장면, 기억나지요? 용왕은 토끼의 말을 철석같이 믿었지요. 이제 토끼가 자라에게 복수할 시간입니다. 앙심을 품은 토끼는 용왕에게 자라탕이 좋다고 권하고, 용왕은 얼른 자라를 잡아 끓이라고 명령합니다. 신하들의 반대로 자라는 겨우 목숨을 건졌지만, 그 대신 그의 아내가 죽게 생겼지요. 궁지에 몰린 자라는 토끼에게 한 번만 용서해 달라고 빌었어요. 그러자 토끼는 자라 부인과 잠자리에 들게 해 주면 살려 주겠다고 제안하지요. 하는 수 없이 자라는 토끼의 뜻에 따릅니다.

《별토가》의 결말 또한 충격적이에요. 토끼를 육지에 데려다주고도 간을 얻지 못한 자라는 망명을 떠납니다. 한편 자라 부인은 토끼와의 하룻밤을 잊지 못해 상사병으로 죽고 말지요. 용왕은 자라 부인이 자라를 기다리다가 죽은 줄 알고 정려문을 세워 줍니다. 자라는 용궁 소식을 듣고 스스로 목숨을 끊는답니다.

대체 이 황당한 이야기는 무엇을 말하려는 것일지 생각해 봐요. 자라가 따르는 '충(忠)'이라는 가치는 얼마나 헛된 것인가요? 목숨 걸고 토끼를 데려왔건만 소중한 아내까지 내어 주게 되었으니 말이에요. 여성의 '정절'은 또 어떤가요? 토끼와의 하룻밤을 잊지 못하는 자라 부인을 보면 정절이라는 가치도 헛되기 짝이 없습니다. 이처럼 《별토가》는 당시 사람들이 당연하다고 믿고 있던 가치에 대해 의문을 제기하고 있답니다.

● 토끼는 왜 자라를 따라갔을까?

토끼는 왜 용궁에 갔을까요? 그곳에 가지 않았다면 위험에 처하지 않았을 테고, 아내와 헤어지는 일도 없었을 텐데요. 토끼의 허영심 때문이라고요? 자라의 꼬임에 혹해서 갔다고요? 물론 이러한 의견도 틀린 건 아니지만, 깊이 고민해 볼 필요가 있어요. 토끼가 용궁에 간 진짜 이유를 말이에요.

여러분에게 가정이나 학교는 어떤 곳인가요? 가끔은 답답하게 느껴질 때도 있을 거예요. 공부하라고 잔소리하는 부모님과 선생님 때문에 힘이 들 때도 있겠지요. 하지만 가정과 학교는 기본적으로 학생들에게 울타리가 되어 주는 곳이에요. 그곳이 여러분의 생명을 위협할 정도로 무시무시한 공간일 가능성은 별로 없겠지요. (물론 가정, 학교를 든든한 울타리로 만들기 위해 어른들이 노력해야 하겠지요.)

하지만 불행히도 《토끼전》의 토끼가 살던 육지는 그렇지 않았답니다. 앞서 이야기한 《별토가》에는 우 생원 에피소드가 나와요. 자라가 토끼를 잡으러 육지에 올라왔을 때 제일 먼저 우(牛) 생원, 그러니까 소를 만나는데요, 자라는 우 생원으로부터 육지의 삶에 대한 이야기를 듣지요.

"답답한 일 아니겠소. 밭을 갈아 내가 먹으며 재물 실어 내가 쓰나. 용봉과 비간 같은 충신의 굳은 절개 생전에 어질기로 거룩하게 빛나지만 이내 팔자 무슨 일로 괴로이 지내다가 사후에도 또다시 죽나?

⋯⋯중간 생략⋯⋯

다섯 가지 복 중에 중한 것이 첫 번째 수명이요, 두 번째 부귀라."

소는 자신의 삶이 고통으로 가득 차 있다고 말해요. 밭을 갈아도 자기가 먹지 못하고, 재물을 실어도 자기가 쓰질 못하지요. 제

명대로 살지도 못하는 운명이
고요. 어쩌면 소의 삶은 당
시 민중의 삶과 꼭 닮아 있
습니다. 끝없이 일해도 지배층만
배불릴 뿐, 자신에게 돌아오는
건 아무것도 없었으니까요.
육지의 삶은 고통과 위험의
연속이었습니다. 토끼는 살아남
기 위해서라도 자라를 따라갈 수
밖에 없었어요. 《토끼전》에서 자라가 토끼에게 했던 이야기를 봐
도 알 수 있지요.

"토끼 잡는 그물이 여기저기 빈틈없이 쳐 있고, 용맹스런 무사들이 날
랜 걸음으로 소리치며 쫓아오니 짧은 꽁지 두 다리 사이에 끼고 코에 단
내 풀풀 내면서 하늘땅도 분간 못 하고 도망치겠지.

······중간 생략······

사오뉴월 여름 되면 당신 신세 어떻고? 날도 더운데 진드기와 왕개미
가 온몸을 물어 대니 잡으려 해도 손이 없고 휘둘러 쫓고 싶어도 꽁지가
없지.

······중간 생략······

봉우리마다 사냥매를 데리고 온 인간들이 앉아 있겠지. 몽둥이 든 몰

이꾼이 양옆에서 몰이하고 조총 든 명포수가 총구멍에 화약 박아 길목마다 앉았으니 급한 상황에서 당신은 하늘로 날아오를 터인가 땅으로 들어갈 것인가? 우리 수궁 같으면 태평스럽게 즐거움을 누릴 곳이라 모셔 가려 하였더니 화망살이 본인 사주에 있는지 자꾸 못 가겠다고 하니 당신 신세 불쌍하오. 어쩔 수 없구려. 나는 사정이 바쁘니 그냥 가겠소."

• 67~69쪽 중에서

그물, 진드기, 왕개미, 몰이꾼, 포수…… 자라는 고향이 최고라는 토끼에게 현실을 일깨워 줍니다. 그건 사실이었어요. 토끼는 얼른 쫓아가 "수궁에 들어가면 불에 죽을 운명을 피할 수 있습니까?" 하고 자라에게 되물었으니까요.

토끼는 살고자 했습니다. 수궁의 벼슬, 부귀영화 모두 탐났겠지만 무엇보다도 수궁으로 가려던 가장 근본적인 이유는 '생존'이었지요. 토끼가 당대의 민중을 상징한다고 보았을 때 이 점은 더욱 명확하지요.

● 《토끼전》이 담고 있는 의미는 뭘까?

작가는 작품을 통해 자신의 생각을 드러냅니다. 그렇다면 《토끼전》의 작가는 무슨 말을 하고 싶었을까요? 이 작품이 '판소리계 소설'이라고 했던 것 기억나지요? 판소리는 여러 사람의 입을 통해 전해졌으며 수많은 민중들이 함께 즐겼답니다. 판소리계 소설 《토끼전》에는 민중의 바람과 욕망이 남겨 있는 것이지요.

그럼 당시 민중은 무엇을 진심으로 원했을까요? 《토끼전》의 한 장면을 살펴봐요.

"이 끔찍하고 무서운 놈아! 전생에 무슨 원수를 졌기에 백년해로할 남의 남편을 유인해 간을 내놓으라 하느냐. 우리 남편 꾀가 없었으면 벌써 죽었겠구나. 네 심술이 그러하니 가다가 긴 목이나 뚝 부러져 죽어라. 대가리가 터져 죽을 놈아. 저 살려고 남을 죽이느냐. 이놈들아, 몹쓸 놈들아. 고이 죽지 못하리라." • 105쪽 중에서

토끼가 육지로 올라온 뒤, 그간의 사정을 들은 토끼 아내가 자라를 욕하는 장면입니다. 표현이 거칠고 노골적이지만 한편으로는 아주 통쾌하지 않나요?

어쩌면 이것은 조선 시대 사람들이 세상을 향해 간절히 외치고 싶었던 말일지도 모릅니다. 민중은 용왕으로 대변되는 지배층과 그 용왕의 아래에서 충성을 외치는 자라에게 이렇게 말하고 싶었을 거예요. "무능한 너희의 욕망을 채우려고 우리를 괴롭히지 말아라!"라고 말이에요. 우리는 《토끼전》을 통해, 권력을 가진 이들의 횡포에 맞서고자 하는 민중의 저항 정신을 엿볼 수 있답니다.

"Resist Oppression." 쿠바의 혁명가인 체 게바라(1928~1967년) 가 남긴 말입니다. '억압하는 모든 것에 저항하라'는 뜻이지요. 《토끼전》의 바탕에도 저항 정신이 깔려 있어요. 우리는 《토끼전》을 단순히 재미난 동물 이야기로만 볼 게 아니라, 바탕에 깔린 더 큰 의미를 찾아내야 한답니다.

고전으로 토론하기

● 시키는 대로 한다고 충신일까?

생각 주제 열기

《토끼전》에서 평가가 극과 극으로 갈리는 동물이 있어요. 바로 자라입니다. 자라는 토끼의 간을 얻는 데 실패하고, 바위에 머리를 부딪쳐서 스스로 목숨을 끊지요. 비장하기까지 한 이 결말은 자라를 '충(忠)'의 아이콘으로 자리매김하게 만들었습니다.

하지만 자라를 바라보는 또 다른 시각도 있습니다. 용왕의 말만 따른 자라가 이기적이고 어리석다는 의견이에요. 자라는 죄 없는 토끼의 죽음을 전혀 고려하지 않았다는 것이지요.

과연 자라를 어떻게 보아야 할까요? 아르볼 중학교에서 한바탕 이야기판이 벌어졌어요. 선생님과 학생들이 함께하는 이야기 마당으로 여러분을 초대합니다.

자라, 어떻게 보아야 할까?

선생님 반갑습니다. 자기소개부터 할까요?

현지 안녕하세요. 저는 현지예요. 예전에 《토끼전》을 아주 재미있게 읽었어요. 궁금한 점도, 더 알고 싶은 것도 많아서 왔어요.

동윤 안녕하세요! 호기심 박사 동윤이라고 합니다.

선생님 반갑습니다. 이번에는 《토끼전》의 자라를 두고 이야기를 나누려고 해요. 자라를 비롯한 등장인물에 대해 어떻게 생각하시나요?

현지 용왕은 정말 못됐어요. 제아무리 왕이라도 멀쩡한 남의 배를 째는 게 말이 되나요? 자라도 나빠요. 육지로 냉큼 가서 토끼에게 거짓말을 했으니까요.

동윤 냉큼 가다니? 목숨 걸고 갔지. 그리고 토끼도 거짓말했잖아.

현지 그게 같니? 토끼의 거짓말은 자기 목숨을 구하기 위해서였어.

동윤 하지만 자라를 욕할 수만은 없어. 용왕의 명령을 받은 자라로서는 어쩔 수 없었을 테니까.

현지 자기가 살려고 다른 이를 죽이라는 명령에 따랐단 말이지?

선생님 와, 초반부터 치열하네요. 잠시 숨을 고를까요?

현 지 선생님, 누구 생각이 맞나요?

선생님 맞고 틀린 건 없어요. 다만 우리는 이런 토론을 통해 자라의 행동을 되돌아보고 더 큰 의미를 찾아낼 수 있지요. 자, 자라의 행동을 하나하나 짚어 봅시다.

자라가 멍청하다고?

선생님 처음에 수궁에서 회의가 열리던 장면을 떠올려 봐요. 누가 육지로 나갈지를 두고 우왕좌왕하던 때 자라가 나서지요. 자라는 "소신이 비록 재주가 없사오나 인간 세상에 나가 토끼를 사로잡아 오겠습니다."라고 말했어요.

동 윤 와, 누가 시킨 게 아니라 스스로 나선 거네요.

선생님 그렇지요. 참고로 자라의 직함은 별주부였는데, 조선 시대에 주부(主簿)는 관청의 문서를 담당하던 종육품 벼슬이었습니다. 하급 관리였던 자라가 큰일을 맡게 된 것이지요.

현 지 자라 입장에서는 절호의 기회였겠네요.

선생님 기회이자 위기였어요. 토끼의 간을 가져온다면 큰 상을 받겠지만, 실패한다면 자기 목숨을 포함해 모든 걸 내놓아야 할지도 모르니까요.

동 윤 그렇군요.

선 생 님 자라는 육지에 무사히 도착해서 토끼를 만나지요. 하지만 토끼를 설득하기는 정말 쉽지 않았어요.

현 지 낯선 자가 다짜고짜 큰돈과 높은 지위를 준다고 유혹하면 의심부터 하게 되잖아요. 토끼를 꾀어내기 어려웠을걸요.

동 윤 그런데 그 어려운 일을 자라가 해냈지! 자라가 고지식하다고들 그러는데 사실은 되게 똑똑한 것 같아요. 토끼랑 '밀당'하는 게 장난 아니더라고요.

현 지 그건 인정! 용궁이 얼마나 화려한 곳인지, 육지가 얼마나 무시무시한 곳인지 묘사하는 것도 그렇고, 먼저 아내에게 물어보겠다는 토끼한테 대장부가 소심하다며 자존심을 은근히 건드리는 것도 대단했어요. 자라는 완전 설득의 달인이더라고요.

선 생 님 하하, 그렇네요. 어쨌든 자라는 토끼를 데리고 용궁으로 가는 데까지는 성공합니다. 날아갈 듯 기뻤겠지요. 하지만 여러분도 알다시피 그 기쁨은 오래가지 못해요.

충성한다고 좋은 신하일까?

선생님 토끼는 목숨이 위태로운 상황에서 지혜를 발휘하지요. 몸에 세 개의 구멍, 즉 대변 구멍, 소변 구멍, 간 출입 구멍이 있다는 이른바 '삼구멍설'을 내세우지요.

현 지 삼구멍설이라니 뭔가 있어 보이네요, 호호.

선생님 결국 용왕은 토끼를 다시 육지로 보내 간을 가져오게 합니다. 여기서 질문 하나 할게요. 이때 자라는 정말 토끼의 말을 믿었을까요?

동 윤 기억이 안 나요.

선생님 사실 자라는 토끼의 말이 거짓이라는 걸 알았습니다. 본문에도 '자라는 간이 밖에 있다는 게 사실이 아님을 알면서도'라고 나오지요. 그런데도 왜 자라는 토끼를 놓아주었을까요?

동 윤 토끼가 불쌍해서일까요?

현 지 야, 그럴 거면 처음부터 꾀어내지를 않았겠지.

선생님 그래요. 그렇다면 묻고 싶습니다. 왜 자라는 사실을 알면서도 용왕에게 아무 말도 하지 않았을까요?

동 윤 괜히 말했다가 자기가 피해를 볼지도 몰라서 아닐까요?

현 지 진정한 충신이라면 진실을 말해야 하잖아.

동 윤 에이, 난 어쩔 수 없는 상황이었다고 생각해. 토끼 배를 직접 갈라 본 것도 아니니 자라가 100퍼센트 확신할 수는 없잖아.

선생님 자라가 충신인지 아닌지를 놓고 생각이 다를 수 있지요. 그런데 말이에요, 만약 내가 여러분에게 이렇게 말했다고 해 봐요. "내가 죽을병에 걸렸는데 A라는 사람의 심장을 먹으면 살 수 있단다. 그러니 좀 가져와라." 여러분은 어떻게 할 건가요?

현 지 어머, 말도 안 돼요. 어떻게 다른 사람의 심장을!

동 윤 근데 A가 누구예요? 제 옆에 앉아 있는 애라면 한번······.

현 지 너 맞을래? 맞고 싶지?

선생님 하하, 그래요. 여러분이라면 그런 부탁은 결코 받아들이지 않겠지요. 그러나 자라는 앞장서서 용왕의 명을 따릅니다. 토끼를 용궁으로 데려와 간을 빼내는 것을 죄목으로 정리하면 사기, 유괴, 납치, 살인 정도가 되겠네요. 이를 실행하면서 자라는 그 어떤 고민도 하지 않았어요. 그저 임무를 완수해야만 자신의 충성심을 증명할 수 있다고 여겼지요.

동 윤 음, 듣고 보니 그렇네요.

선생님 '맹목적'이라는 단어의 뜻을 알고 있나요? 눈멀 '맹(盲)' 자에 눈 '목(目)' 자를 써서 '눈이 멀었다'는 뜻이에요. 이는 자신의 주관과 원칙 없이 행동함을 의미하지요. 우리는 아무리 훌륭한 가치라도 맹목적으로 따르는 것은 옳지 않다는 사실을 기억해야 해요.

현 지 아하, 자라의 맹목적인 충성은 올바르지 않은 거군요.

동 윤 그래도 저는 자라를 위해 변명하고 싶어요. 나쁜 일을 시킨 놈이 진짜로 잘못한 것 아닌가요? 자라는 명령에 충실히 따랐을 뿐이라고요.

선생님 그래요. 동윤이 말대로 시킨 놈이 잘못이지요. 그런데 그 걸 따른 이에겐 아무런 책임이 없는 걸까요? 이와 관련해 역사적 사례를 하나 들려줄게요.

현 지 네! 얼른 이야기해 주세요.

명령에 따르면 죄가 아닐까?

선생님 1961년, 예루살렘의 법정에 수많은 사람들이 모였어요. 나치 부대 장교였던 아돌프 아이히만(1906~1962년)의 재판을 보기 위해서였지요. 그는 제2차 세계 대전 때 유럽 각지에 있는 유대인 들을 체포하고 강제로 이주시킬 계획을 세운 담당자였어요.

동 윤 정말 나쁜 놈이네요!

선생님 전쟁이 독일의 패배로 끝나자 아이히만은 오랫동안 숨어 살다가 이스라엘 정부에 붙잡혀 정식 재판을 받게 되었어요. 그런 데 재판을 지켜보던 철학자 한나 아렌트(1906~1975년)는 기이한 점 을 느꼈지요.

동 윤 아이히만이 너무 악마같이 생겨서 깜짝 놀랐나?

선생님 그 반대예요. 그는 너무나 평범했어요. 50대의 아이히만은 옆집 아저씨처럼 푸근한 인상이었어요. 게다가 정신 감정 결과도 지극히 정상이었지요.

현 지 어머, 그럴 수가!

선생님 그는 도무지 600만 명의 학살을 도맡았던 사람으로 보이지 않았어요.

동 윤 그럼 재판정에서 울면서 용서를 빌었겠네요?

선생님 아니에요. 그는 '나는 명령에 따랐을 뿐'이라는 말을 되풀이했어요. 또한 '명령대로 하지 않았다면 오히려 양심의 가책을 느꼈을 것'이라고도 말했지요.

현 지 끔찍해요! 어떻게 멀쩡한 사람이 그런 말을 하지요?

선생님 아이히만은 자신이 저지른 일과 책임을 전혀 연결 짓지 않고 있었어요. 그런 그에게서 아렌트는 '악의 평범성'이라는 개념

©연합뉴스

▲ 한나 아렌트

©연합뉴스

▲ 아돌프 아이히만

을 이끌어 냅니다. 아렌트에 따르면 악(惡)이란 끔찍한 형상의 괴물도, 남을 해치겠디는 불다는 신념도 아니었어요. 우리 주위에 있는 평범한 사람의 아무 생각 없는 행동이 바로 악이 될 수 있지요.

동윤 그게 더 무섭네요. 혹시 내 주위에도 악이?

현지 야, 왜 날 봐?

선생님 자, 그렇다면 어떻게 악을 멈추어야 할까요?

현지 음……. 아까 생각 없는 행동이 악이 될 수 있다고 말씀하셨잖아요. 그럼 생각을 해야 하지 않을까요?

선생님 맞아요. '내가 열차에 태워 보내는 사람들이 어떤 비극을 겪게 될까?', '수백만 명의 생명을 짓밟으라는 명령에 따르는 게 과연 올바른 일일까?', '내 가족이 그 열차에 탔다면 나는 어떻게 했을까?' 아이히만이 이런 생각을 단 한 번만 해 봤더라면 적어도 자신의 행동을 합리화할 생각은 하지 않았을 거예요. 또한 엄청난 양심의 가책을 느꼈겠지요. 아렌트는 그의 책 《예루살렘의 아이히만》을 통해 이렇게 말합니다.

"그로 하여금 그 시대의 엄청난 범죄자들 가운데 한 사람이 되게 한 것은 (결코 어리석음과 동일한 것이 아닌) '순전히 생각 없음'(sheer thoughtlessness)이었다."

선생님 이제 《토끼전》으로 돌아와서 자라를 떠올려 봅시다. 자라의 경우는 어떨까요? 자라가 그저 명령에 따랐을 뿐이라고 변명한다면요?

현지 하지만 그건 잘못된 명령이었잖아요. 자신을 위해 다른 사람의 생명을 빼앗는 건 조선 시대든 지금이든 용납될 수 없어요.

동윤 저도 생각이 바뀌었어요. 자라는 말 잘 듣는 신하였을지 모르지만, 올바른 신하는 아니었던것 같아요. 자라는 토끼의 입장을 한 번이라도 '생각'해야 했어요.

선생님 여러분에게 꼭 하고 싶은 말이 있어요. 살면서 여러분이 원치 않는 일을 하도록 요구받을 때도 있을 거예요. 그 일을 하기 전에 꼭 '생각'하길 바랍니다. 지금 나의 행동이 타인과 세상에 해를 끼치는 것은 아닌지 스스로에게 물어야 해요. 전 여러분이 부당한 일은 하지 않고자 노력하는 사람이 되었으면 좋겠어요.

현지 와, 오늘 많이 배웠어요. 감사합니다!

동윤 저도 감사합니다.

고전과 함께 읽기

《토끼전》과 함께 보면 좋은 영화나 책 등을 소개합니다. 다양한 작품을 통해 고전 이해의 폭을 넓히고 재미를 느껴 보길 바랍니다.

영화 〈변호인〉 권력에 맞서 이길 수 있을까?

"대한민국 주권은 국민에게 있고 모든 권력은 국민으로부터 나온다. 국가란 국민입니다."

1981년 9월, 부산 지역에서 독서 모임을 하던 22명이 갑자기 체포됩니다. 모두 대학생과 교사, 회사원 등 평범한 사람들이었지요. 이들은 반(反)국가 단체를 찬양하고 정부의 체제를 무너뜨리려

▲ 부림 사건을 다룬 영화 〈변호인〉은 천만 이상의 관객을 모았다.

고 했다는 혐의를 받습니다. 곧 정부는 이들에게 국가 보안법, 계엄법(국가 비상사태일 때 사법권과 행정권을 군이 통제할 수 있는 법 제도), 집시법(집회 및 시위에 관한 법률) 위반이라는 죄목을 씌워요. 이 일을 '부림 사건'이라고 합니다.

〈변호인〉은 부림 사건이라는 실화를 바탕으로 한 영화예요. 우석이라는 변호사가 주인공이지요. 원래 우석은 잘나가는 세무 전문 변호사였어요. 그러다 예전에 신세를 졌던 국밥집 아줌마로부터 아들이 재판을 앞두고 있다는 이야기를 듣지요. 우석은 아줌마의 부탁을 외면할 수 없어서 구치소 면회라도 할 수 있게 돕겠다고 약속한 뒤, 교도소에서 아줌마의 아들을 만납니다. 그런데 이상했습니다. 청년의 얼굴은 겁에 질려 있었고, 온몸에 멍이 가득했지요. 알고 보니 그는 영장도 없이 체포된 뒤 '공산주의자'로 낙인 찍혀 고문을 받았던 거였어요. 이를 알게 된 우석은 사건의 변호를 맡기로 결심하지요.

하지만 일개 변호사가 국가 권력을 상대하기는 어려웠습니다. 피고인인 청년은 고문을 견디다 못해 거짓 자백을 한 상태였고, 잘

짜인 각본처럼 형량은 이미 정해져 있었지요. 게다가 변호를 맡았다는 이유만으로 우석은 정부의 감시를 받고, 그의 가족까지 위협받았어요. 하지만 우석은 물러설 생각이 없었어요. 새로운 증인을 신청하고 증거를 제출하며, 이 모든 것이 고문과 억압에 의한 거짓 자백임을 밝혔지요.

"바위는 아무리 단단하나 죽어 있는 것이고, 계란은 아무리 약하다 해도 살아 있는 겁니다. 그렇게 단단한 바위도 바람에 모래가 되고 부서지지만, 계란은 깨어나 그 바위를 넘어간다는 말도 못 들어 보셨습니까?"

우석은 최선을 다해 노력했지만 결국 재판에서 지고 말아요. 하지만 이 일을 계기로 그는 새로운 길을 걷게 돼요. '세금 전문 변호사 우석'이 '인권 변호사 우석'으로 활동하게 된 것이지요.

세월이 흘러 부림 사건의 진실이 밝혀집니다. 당시 막 출범한 군사 정권이 통치의 기반을 다지려고 민주화 운동 세력을 탄압했던 것이지요. 2014년에 대법원은 부림 사건의 피해자에게 무죄를 선고했고, 2016년에는 국가가 피해자에게 위자료를 배상하라는 판결을 내렸습니다.

부당한 권력에 맞서기는 쉽지 않아요. 특히나 국가라는 거대한 존재 앞에서 개인은 작아지게 마련이지요. 커다란 권력 앞에서 개인은 너무나 초라해 보입니다. 하지만 99도의 물이 100도가 되면 끊듯이 조금 더 노력하면 변화가 있을지 모릅니다. 개인이 용기를 내고, 또 다른 개인이 용기를 내면 언젠가 세상은 달라지지 않을까요?

> 고전 소설 《토끼전》의 토끼가 지혜를 발휘하여 용왕의 횡포에서 벗어난 것처럼, 또 영화 〈변호인〉에서 일개 변호사인 우석이 국가 권력에 맞선 것처럼 우리도 용기를 내야 합니다. 《토끼전》과 〈변호인〉은 그렇게 해야만 세상을 바꿀 수 있다고 이야기하고 있답니다.

고전 《장끼전》 왜 사람 대신 동물이 주인공일까?

"아직 그 콩 먹지 마오. 눈 위에 사람 자취가 수상하오. 자세히 살펴보니 입으로 훌훌 불고 비로 싹싹 쓴 흔적이 심히 괴이하니, 제발 덕분 그 콩일랑 먹지 마오."

"자네 말은 미련하기 그지없네. 이때를 말하자면 동지섣달 눈 덮인 겨울이라. 첩첩이 쌓인 눈이 곳곳에 덮여 있어 여러 산에 나는 새 그쳐 있고, 해 질 무렵이라 사람의 발길이 끊겼는데 사람의 자취가 있을까 보냐?"

《장끼전》은 꿩을 의인화한 소설로, 장끼와 까투리 부부가 주인공이에요. 남편 장끼는 아내 까투리가 말리는데도 불구하고 땅에 떨어진 콩을 먹겠다고 고집을 부립니다. 남존여비(男尊女卑, 남자는 높고 귀하게 여기고, 여자는 낮고 천하게 여긴다는 뜻), 여필종부(女必從夫, 아내는 반드시 남편의 뜻을 따라야 한다는 뜻)의 논리를 앞세우며 주장을 굽히지 않지요. 그러다가 결국 덫에 걸려 죽음에 이릅니다.

흥미로운 건 장끼가 까투리에게 남긴 유언입니다. 장끼는 죽어 가면서도 개가(改嫁), 그러니까 다시 시집을 가지 말라고 까투리에게 당부합니다. 장끼가 얼마나 가부장적인지 알 수 있는 대목이지요. 그런데 어떤 이본에서는 까투리가 결국 개가를 한답니다. 이러한 결말은 개가를 금지했던 당시의 유교 윤리를 비판한 것으로 볼 수 있어요. 이는 여성의 주체적인 모습을 보여 준다는 측면에서 무척이나 의미 있지요.

《장끼전》은 우화 소설(寓話小說)에 해당합니다. 우화 소설이란 의인화된 동물이나 식물을 주인공으로 한 소설을 말해요. 《이솝 우

화》나 조지 오웰의 《동물 농장》을 예로 들 수 있지요. 우리나라 고전 중에서는 《토끼전》, 《두껍전》, 《까치전》 등이 모두 조선 후기의 우화 소설이에요.

그런데 왜 사람 대신 동물을 내세울까요? 우화 소설은 간접적이고 우회적으로 사회를 비판할 수 있다는 장점이 있습니다. 사람이 기존의 통념을 뒤엎는 이야기를 하기에는 부담스러울 때 동물을 내세우는 겁니다. 이때 독자는 겉으로 드러나 있는 이야기 속 숨은 주제를 찾아가는 재미를 얻게 된답니다.

많은 우화 소설은 사회 비판적인 시각을 갖고 있습니다. 예를 들어 《동물 농장》은 동물들이 인간을 내쫓고 농장을 세운다는 줄거리를 통해 자유와 민주주의를 잃어버린 전체주의 체제를 비판해요. 《토끼전》 역시 조선 후기 지배층의 탐욕과 횡포를 잘 보여 줍니다. 이런 우화 소설을 읽으며 우리는 그 시대가 가진 문제점들을 고민할 수 있답니다.

소설 《아큐정전》 무엇을 풍자할까?

그는 자기야말로 스스로 업신여기고 낮추는 데 제일인자라고 생각했다. '스스로 업신여기고 낮춘다.' 이 말을 빼면 남는 것은 '제일인자'이다.

《아큐정전》은 아큐(阿Q)라는 인물의 삶을 그립니다. 아큐는 고향도 이름도 모르고, 특별한 직업도 없는 떠돌이 날품팔이였어요. 동네 사람들은 볼품없는 동네 머슴인 아큐를 업신여겼지만, 그는 늘 당당했어요. 어떻게 그럴 수 있냐고요? 바로 '정신 승리법' 덕분이지요. 정신 승리법이란 모든 것을 자기에게 유리한 쪽으로 해석하고, 결국 이겼다며 합리화하는 방식을 말하는데요. 예를 들어 동네 건달들이 아큐의 변발을 쥐고 흔들며 머리를 때리면, 아큐는 이렇게 생각해 버리고 맙니다. '아들놈에게 얻어맞은 걸로 치지, 뭐. 요즘 세상은 말이 아니야…….' 그럼 억울함은 사라지고 다시 의기양양해지는 것이지요. 강자에게 한없이 비굴하게 굴며 비위 맞추면 그만이었어요.

그러던 어느 날부터 마을에는 혁명의 물결이 들이닥칩니다. 아큐는 혁명이 뭔지도 몰랐지만, 거기 앞장서면 사람들이 자신을 우러러볼 것이라고 생각했어요. 단지 주목받는다는 사실이 좋아서 아큐는 혁명당을 사칭했고, 결국 그는 진짜 혁명당으로 몰려 총살당하지요.

"저…… 저는…… 글을 쓸 줄 모르는데요."
아큐는 붓을 움켜쥐고는 황송하고 부끄러운 듯이 말했다.

"그러면 너 좋은 대로 동그라미를 하나 그려 넣어라!"

아큐는 동그라미를 그리려고 했으나 붓을 잡고 있는 손이 자꾸 떨리기만 했다.

……중간 생략……

아큐는 엎드려서 혼신의 힘을 다해 동그라미를 그렸다. 그는 남들에게 웃음거리가 될까 봐 두려워 최대한 동그랗게 그리려고 마음먹었으나, 얄미운 붓이 지나치게 무거운 데다 또 말을 듣지 않았다. 떨면서 간신히 원을 완성하려는 순간에 붓이 위로 솟구쳐서 동그라미는 수박씨 모양이 되고 말았다. 아큐는 자기가 동그랗게 그리지 못한 것을 부끄럽게 생각했으나 그 사람은 그것을 문제 삼지도 않고 재빨리 종이와 붓을 가지고 가 버렸다.

……중간 생략……

단지 동그라미가 동그랗게 그려지지 않는 것만은 그의 평생에 오점으로 남을 것 같았다.

아큐는 재판을 받은 뒤 판결문에 서명을 해야 했는데요, 글을 쓸 줄 몰라서 동그라미만 그려야 했지요. 물론 평생 붓을 잡아 본 적 없었기에 동그라미조차 그리기 힘들었어요. 아큐는 죽는 순간까지 그것을 안타까워했지요.

고작 동그라미를 못 그리는 것이 큰 오점이라 생각했던 아큐를 보면 참 안타깝지요. 만약 아큐가 자신이 처한 상황과 세상을 바로 보고, 시대의 흐름을 읽어 냈다면 이런 일은 없었을 거예요. 하지만 아큐는 너무나 무지하여 비참한 최후를 맞이했지요.

《아큐정전》은 작품이 쓰인 20세기 초의 중국을 풍자합니다. 중국은 세계 정세의 변화를 제대로 읽지 못했어요. 그 때문에 일본과 서구 열강에 침략당하는 수모를 겪으면서도 자신들이 최고라는 대국(大國) 의식에만 사로잡혀 있었지요.

이러한 모습들은 근거 없는 우월 의식을 갖고 있던 아큐의 모습과 겹쳐집니다. 조롱당하고 모욕받으면서도 오로지 정신 승리법으로 대처하며, 혁명이 무엇인지조차 제대로 몰랐던 아큐 말이에요. 1911년에 일어난 신해혁명*의 한계가 점차 분명해지고, 가짜 혁명당이 판을 치며 사회는 점점 혼란에 빠졌습니다.

《아큐정전》의 작가 루쉰은 소설을 통해 무엇이 잘못되었는지

---

* **신해혁명** 1911년에 청나라를 무너뜨리고 중화민국을 세운 혁명.

사람들에게 일깨워 주고자 했습니다. '교육'과 '계몽'이 그가 생각한 최고의 방법이었어요. 아큐가 제대로 교육받았다면 엉뚱한 정신 승리법으로 인생을 망가뜨리는 일은 없었을 테니까요.

이쯤에서 《토끼전》의 자라를 떠올려 봐요. 충성이 최고인 줄 알았던 자라 말이에요. 무능한 용왕, 자신들의 이해관계만 따지는 신하들 때문에 용궁이 무너져 가고 있는데도 자라는 그저 용왕의 명령만 받들었지요. 이러한 모습은 조선 후기 사회를 떠올리게 합니다. 《토끼전》의 자라는 부패한 봉건 사회를 떠받드는 어리석은 신하와 겹쳐지지요. 《아큐정전》과 《토끼전》은 각 나라, 각 시대의 잘못된 이들을 풍자하는, '깨어 있는' 소설이랍니다.

물음표로 따라가는 인문고전 06

토끼전 시키는 대로 한다고 충신일까?

ⓒ 박진형 홍지혜, 2017

1판 1쇄 발행일 2017년 10월 13일 | **1판 4쇄 발행일** 2024년 5월 15일

글 박진형 | 그림 홍지혜
펴낸이 권준구 | **펴낸곳** (주)지학사
본부장 황홍규 | **편집장** 김지영 | **편집** 박보영 이지연 | **디자인** 최지윤 이혜리
마케팅 송성만 손정빈 윤술옥 | **제작** 김현정 이진형 강석준 오지형
등록 2010년 1월 29일(제313-2010-24호) | **주소** 서울시 마포구 신촌로6길 5
전화 02.330.5263 | **팩스** 02.3141.4488 | **이메일** arbolbooks@naver.com
ISBN 979-11-6204-003-4 44810
ISBN 979-11-85786-85-8 44810 (세트)
잘못된 책은 구입하신 곳에서 바꿔 드립니다.

 지학사아르볼   아르볼은 '나무'를 뜻하는 스페인어. 어린이들의 마음에
담긴 씨앗을 알찬 열매로 맺게 하는 나무가 되겠습니다.

홈페이지 www.jihak.co.kr/arb/book | **포스트** post.naver.com/arbolbooks